El caso Saint-Fiacre

Georges Simenon, nacido en 1903 en Lieja (Bélgica), dio sus primeros pasos como reportero y como autor de novelas populares escritas bajo seudónimo. En 1931 publicó, por primera vez con su propio nombre, *Pietr, el Letón*, que presentaba al imperturbable comisario de policía parisino Jules Maigret, personaje que retomó en novelas y relatos a lo largo de las cuatro décadas siguientes, mientras su obra más amplia le granjeaba la reputación de ser uno de los escritores esenciales del siglo xx. Viajero intrépido, con un profundo interés en la gente, Simenon se esforzó, en la literatura y en la realidad, por comprender —y no por juzgar— la condición humana en todos sus matices. Sus libros figuran entre los más leídos del canon mundial.

GEORGES SIMENON

El caso Saint-Fiacre

Traducción de
José Hesse

DEBOLS!LLO

Papel certificado por el Forest Stewardship Council®

Título original: *L'affaire Saint-Fiacre*

Primera edición: abril de 2025

Printed in Spain – Impreso en España

ISBN: 978-84-663-8089-8
Depósito legal: B-2.704-2025

Compuesto en M. I. Maquetación, S. L.

Impreso en Novoprint
Sant Andreu de la Barca (Barcelona)

P 380898

El caso Saint-Fiacre

1

La niña que bizqueaba

Una llamada tímida a la puerta; el ruido de un objeto depositado en el suelo; una voz furtiva:

—¡Son las cinco y media! Acaba de sonar la primera campanada para la misa...

Maigret hizo rechinar el somier de la cama al incorporarse sobre los codos y, mientras miraba con estupor la claraboya del techo abuhardillado, se oyó de nuevo la voz:

—¿Piensa usted ir a comulgar?

El comisario Maigret ya se había levantado y tenía los pies descalzos sobre el suelo helado. Caminó hacia la puerta, cerrada mediante un cordel enrollado a dos clavos. Oyó unos pasos que se alejaban y, al salir al pasillo, apenas tuvo tiempo de ver la silueta de una mujer en camisón y enaguas blancas.

Recogió del suelo la jarra de agua caliente que le había traído Marie Tatin, cerró la puerta y buscó un espejo ante el cual afeitarse.

A la vela solo le quedaban unos minutos de vida. Al otro lado de la claraboya era aún noche cerrada, una noche fría de principios de invierno. Algunas hojas secas todavía subsistían en las ramas de los álamos de la plaza mayor. A causa de la doble pendiente del techo, Maigret solo podía mantenerse completamente erguido en el centro de la habitación. Tenía frío. Toda la noche, una corriente de aire cuyo origen no había podido descubrir le había estado helando la nuca.

Pero justo esa cualidad del frío le había inquietado, al sumergirlo en una atmósfera que creía haber olvidado.

La primera campanada de la misa... Las campanas sonando sobre el pueblo dormido... De niño no se levantaba tan temprano. Entonces esperaba a la segunda campanada de las seis menos cuarto, porque en aquella época no tenía que afeitarse... ¿Se lavaba la cara solamente?

Entonces no le traían agua caliente... A veces sucedía que el agua estaba congelada dentro de la jarra. Poco después sus pasos resonaban sobre el endurecido pavimento.

Ahora, mientras se vestía, oía a Marie Tatin ir de un lado a otro en el comedor, sacudir la rejilla de la estufa, armar ruido con la vajilla, darle vueltas al molinillo de café.

Se puso la chaqueta y el abrigo. Antes de salir, sacó de su cartera un papel prendido con un alfiler a un pliego administrativo que llevaba el siguiente membrete:

Policía municipal de Moulins
Comunicado para todos los fines útiles
a la policía judicial de París

Después, una hoja cuadriculada. Una escritura meticulosa:

Les anuncio que se va a cometer un crimen en la iglesia de Saint-Fiacre durante la primera misa del día de Todos los Santos.

El papel llevaba varios días de un lado para otro en las oficinas del Quai des Orfèvres. Maigret lo había visto por casualidad y se había quedado atónito.

—¿Saint-Fiacre, en Matignon?

—Es probable, porque nos lo han enviado de Moulins.

Maigret se guardó el papel en el bolsillo. ¡Saint-Fiacre! ¡Matignon! ¡Moulins! Eran palabras que le resultaban más familiares que todas las demás.

Había nacido en Saint-Fiacre, donde su padre desempeñó el cargo de administrador del castillo durante treinta años. La última vez que visitó el lugar fue precisamente a la muerte de este, al que enterraron en el pequeño cementerio que había detrás de la iglesia.

... se va a cometer un crimen... durante la primera misa...

Maigret había llegado el día anterior. Había pasado la noche en la única posada, la de Marie Tatin.

Ella no lo había reconocido, pero él sí la había reconocido a ella, por sus ojos. «La niña que bizquea», solían llamarla en aquel entonces. Una niña enclenque que se había convertido en una solterona aún más flaca y que bizqueaba cada vez más, que se movía sin cesar por la sala, por la cocina, por el patio donde criaba conejos y gallinas.

El comisario bajó las escaleras. El comedor estaba alumbrado con petróleo. Le habían preparado la mesa en un rincón. Burdo pan integral. Olor a café mezclado con achicoria, a leche hirviendo.

—Hace usted mal en no comulgar un día como hoy. Sobre todo habiéndose tomado la molestia de ir a la primera misa... ¡Dios mío! Ya suena el segundo toque.

El eco de las campanas era débil. Se oía un rumor de pasos en la calle. Marie Tatin se escapó a la cocina para ponerse su traje negro, sus guantes de hilo, su pequeño sombrero que el moño le impedía mantener derecho.

—Le dejo que termine de desayunar... ¿Cierra usted la puerta con llave?

—No, no. Ya estoy listo.

A Marie le daba vergüenza hacer el camino en compañía de un hombre. ¡Y además un hombre llegado de París! Caminaba con un trote menudo, inclinada hacia delante, a través del frío de la mañana. Las hojas muertas revoloteaban por el suelo. Su rascar seco indicaba que había helado durante la noche. Otras sombras convergían hacia la puerta vagamente luminosa de la iglesia. Las campanas seguían sonando. En las casas bajas, algunas ventanas estaban iluminadas; eran los que se vestían deprisa para la primera misa. Y Maigret se reencontraba con las sensaciones de antaño: el frío, el escozor en los ojos, las yemas de los dedos heladas, el regusto a café. Después, al entrar en la iglesia, una vaharada de calor, luz suave; el olor de los cirios y del incienso...

—Perdóneme... Yo tengo mi reclinatorio —dijo ella.

Y Maigret reconoció la silla negra con reclinatorio de terciopelo rojo de la vieja Tatin, la madre de la niña que bizqueaba.

La cuerda que el campanero había soltado vibraba aún al fondo de la iglesia. El sacristán acababa de encender los cirios.

¿Cuántas personas había en aquella reunión fantasmagórica de gente medio dormida? Quince como mucho. Y solo tres hombres: el pertiguero, el campanero y Maigret.

... se va a cometer un crimen...

En Moulins, la policía había creído que se trataba de una broma de mal gusto y no se había preocupado del asunto. En París, la partida del comisario había causado asombro.

Este escuchaba ahora ruidos tras la puerta situada a la derecha del altar, y podía adivinar, segundo por segundo, todo lo que sucedía: la sacristía, el monaguillo que llegaba tarde, el sacerdote que, sin decir nada, se ponía la casulla, unía las manos y se dirigía hacia el altar seguido por el muchacho, que tropezaba con sus vestiduras.

El chico era pelirrojo. Agitaba su campanilla. Comenzó el murmullo de las plegarias litúrgicas.

... durante la primera misa...

Maigret había observado una a una todas las sombras. Cinco mujeres viejas, de las cuales tres tenían reclinatorio reservado. Una granjera gorda. Algunas campesinas más jóvenes y un niño.

Fuera, el ruido de un automóvil. El chirrido de una puerta. Unos pasos menudos y ligeros, y una dama enlutada que atravesó toda la iglesia.

En el coro había una hilera de sitiales reservados a los habitantes del castillo. Sitiales duros, de vieja madera muy pulida. Allí se instaló la mujer, silenciosa, seguida por las miradas curiosas de las campesinas.

—*Réquiem aeternam dona eis, Domine...*

Maigret aún hubiera podido dar la réplica al sacerdote. Sonrió al pensar que antes prefería las misas de difuntos a las demás, porque las oraciones eran más cortas. Recordaba misas celebradas en dieciséis minutos.

Pero ahora solo miraba a la ocupante del sitial gótico. Apenas podía ver su perfil. No estaba seguro de reconocer en ella a la condesa de Saint-Fiacre.

—*Dies irae, dies illa...*

Pero sí, era ella. La última vez que la había visto, ella tenía veinticinco o veintiséis años. Una mujer alta, delgada y melancólica a la que veía de lejos, en el parque.

Ahora debía de rondar los sesenta años o más. Rezaba con fervor. Tenía el rostro demacrado, y sus manos, demasiado largas, demasiado finas, aferraban un devocionario.

Maigret se había quedado en la última fila de las sillas de paja, por las cuales hay que pagar cinco céntimos durante la misa mayor pero que son gratuitas en las misas bajas.

... se va a cometer un crimen...

Al comenzar la lectura del primer Evangelio se puso en pie como todo el mundo. Diversos detalles llamaban su atención por todas partes, y los recuerdos se apoderaban de él. Por ejemplo, de pronto pensó: «El día de Todos los Santos el mismo sacerdote dice tres misas...».

Por aquel entonces, desayunaba en la rectoría entre la segunda y la tercera. Un huevo pasado por agua y queso de cabra.

La policía de Moulins tenía razón. Allí no podía cometerse un crimen. El sacristán se había colocado al final de los sitiales, a cuatro asientos de la condesa. El campanero había salido con paso lento, como un director de teatro a quien no le interesa asistir a su propio espectáculo.

Ya solo quedaban dos hombres, Maigret y el sacerdote, un joven cura con apasionada mirada de místico. Él no se apresuraba, como hacía el viejo párroco a quien había conocido el comisario. Él no escamoteaba la mitad de los versículos.

Las vidrieras palidecían. Fuera comenzaba a amanecer. En un establo, mugió una vaca.

Y de pronto, todo el mundo dobló la rodilla para la Elevación. Tintineaba la tenue campanilla del monaguillo pelirrojo.

Solo Maigret no iba a comulgar. Todas las mujeres fueron acercándose al altar con las manos juntas y el rostro hermético. Las hostias, tan pálidas que casi parecían irreales, pasaban un instante por las manos del cura.

El oficio continuó. La condesa tenía el rostro oculto entre las manos.

—*Pater noster... Et ne nos inducas in tentationem...*

Los dedos de la anciana dama se separaron, descubriendo sus facciones atormentadas, y abrieron el devocionario.

Todavía cuatro minutos más. Las oraciones. El último Evangelio. Y después todo el mundo saldría. Y no se habría cometido ningún crimen.

Pues la nota decía claramente: «La primera misa...».

La prueba de que la ceremonia terminaba fue que el pertiguero se levantó y entró en la sacristía. La condesa de Saint-Fiacre tenía de nuevo la cabeza entre las manos. No se movía. La mayor parte de las mujeres estaban también rígidas.

Ite misa est. «La misa ha terminado».

Solo ahora sintió Maigret hasta qué punto había estado angustiado. Dejó escapar un suspiro involuntario. Esperó con impaciencia el final del último Evangelio, pensando en respirar el aire fresco de la calle, en ver moverse a las personas, en oírlas hablar de unas cosas y otras...

Las viejas se levantaron a la vez. Sus pies se movían sobre las frías baldosas azules del templo. Una campesina se dirigió hacia la salida, después otra. El pertiguero apareció con un apagavelas, y un hilo de humo blanco reemplazó la llama de los cirios.

Ya había amanecido. Una luz grisácea penetraba en la nave al mismo tiempo que las corrientes de aire.

Quedaban tres personas... Dos... Alguien movió una silla... Ya solo quedaba la condesa, y los nervios de Maigret se crisparon de impaciencia.

El sacristán, que había terminado su tarea, miró a la señora de Saint-Fiacre. Una sombra de duda cruzó su rostro. Al mismo tiempo, el comisario avanzó.

Los dos llegaron junto a ella y, asombrados de su inmovilidad, intentaron ver su rostro oculto entre las manos unidas. Maigret, sobrecogido, le tocó la espalda. El cuerpo vaciló, como si su equilibrio se mantuviera apenas, cayó a tierra y quedó inerte.

La condesa de Saint-Fiacre estaba muerta.

Habían trasladado el cuerpo a la sacristía, donde estaba tendido sobre tres sillas puestas una al lado de otra. El sacristán había salido corriendo para buscar al médico de la aldea.

Maigret, sin reparar en lo que su presencia tenía de insólito, tardó varios minutos en comprender la interrogación sospechosa que traslucía la ardiente mirada del sacerdote.

—¿Quién es usted? —preguntó este al fin—. ¿Cómo es que...?

—Comisario Maigret, de la policía judicial.

Miró al cura cara a cara. Era un hombre de unos treinta y cinco años, de rasgos regulares pero tan graves que evocaban la fe feroz de los monjes de antaño.

Lo agitaba una profunda turbación. Con voz menos firme, murmuró:

—¿No querrá usted decir que...?

Aún no se habían atrevido a desnudar a la condesa. Le habían acercado en vano un espejo a sus labios. Habían tratado de escuchar su corazón, que ya no latía.

—No veo ninguna herida... —se limitó a contestar Maigret.

Y observó alrededor aquella decoración inmutable que durante treinta años no había cambiado ni en un solo detalle. Las vinajeras se encontraban en el mismo sitio, y la casulla estaba lista para la misa siguiente, así como la ropa talar y la sobrepelliz del monaguillo.

La claridad sucia que entraba por una ventana ojival diluía la luz de una lámpara de aceite.

Hacía a la vez calor y frío. Al sacerdote lo asaltaban terribles pensamientos.

—Pero no pretenderá decir...

¡Un drama! Maigret no comprendió bien al principio, pero los recuerdos de su infancia continuaban ascendiendo como burbujas.

Una iglesia en la que se ha cometido un crimen debe ser santificada de nuevo por el obispo...

¿Cómo podía haberse producido un crimen? No se había oído ningún disparo. Nadie se había acercado a la condesa. Durante toda la misa, Maigret no le había quitado los ojos de encima.

Tampoco se veían rastros de sangre ni ninguna herida aparente.

—La segunda misa comienza a las siete, ¿no es eso?

Fue un alivio escuchar los pasos lentos del médico, un hombre de complexión sanguínea al que impresionó la atmósfera de la sacristía y que miró al comisario y al sacerdote.

—¿Muerta? —preguntó.

Él no dudó en desatar el corsé mientras el padre volvía la cabeza. Dentro de la iglesia resonaron unos pasos pesados. Después, la campana que el campanero había comenzado a voltear. El primer toque para la misa de las siete.

—Pero yo aquí solo veo una embolia... Yo no era el médico titular de la condesa, que prefería recibir los cuidados de un colega de Moulins, pero me han llamado dos o tres veces al castillo. Estaba muy enferma del corazón.

La sacristía era muy pequeña. Los tres hombres y el cadáver apenas cabían. Llegaron dos monaguillos, pues la misa de las siete era misa mayor.

—Su coche debe de estar fuera —dijo Maigret—. Hay que llevarla a su casa.

Sentía sin cesar la mirada angustiada del padre sobre él. ¿Acaso había este adivinado algo? Sea como fuere, mientras el sacristán, ayudado por el chófer, llevaba el cuerpo al coche, se aproximó al comisario.

—¿Está usted seguro de que...? Me quedan dos misas por decir. Es el día de Todos los Santos. Mis fieles son...

Ya que la condesa había muerto de una embolia, ¿no tenía Maigret la obligación de tranquilizar al sacerdote?

—Ya ha oído lo que ha dicho el doctor...

—Sin embargo, usted ha venido aquí, precisamente hoy... A esta misa...

Maigret hizo un esfuerzo para ocultar su turbación.

—Una casualidad, señor cura. Mi padre está enterrado en su cementerio.

Y se apresuró en dirección al coche, un viejo y anticuado coupé cuyo motor el chófer estaba poniendo en aquel momento en marcha haciendo girar la manivela. El médico no sabía qué hacer. En la plaza había algunas personas que no comprendían nada de lo que sucedía.

—Venga con nosotros.

Pero el cadáver ocupaba todo el interior. Maigret y el doctor tuvieron que apretarse al lado del asiento.

—Parece usted asombrado por lo que le he dicho —murmuró el médico, que aún no había recobrado su aplomo—. Si conociera usted la situación quizá lo comprendería. La condesa...

Se calló al mirar al chófer de librea negra, que conducía el coche con aire ausente. Atravesaron la plaza mayor en pendiente, bordeada a un lado por la iglesia, que estaba erigida sobre el declive, y al otro por el estanque de Nuestra Señora, cuyas aguas aparecían aquella mañana de un gris venenoso.

La posada de Marie Tatin se encontraba a la derecha y era la primera casa del pueblo. A la izquierda había una calle flanqueada de robles y, al fondo, estaba la masa sombría del castillo. Todo bajo un cielo uniforme, frío como una pista de hielo.

—Esto va a ocasionar un drama, ¿sabe usted? Por eso el cura va con el morro torcido.

El doctor Bouchardon era campesino e hijo de campesinos. Llevaba un traje de caza marrón y unas botas altas de goma.

—Me iba ahora a cazar patos a las lagunas.

—¿Usted no va a misa?

El doctor le guiñó un ojo.

—Y fíjese que eso no me impedía ser amigo del viejo cura. Ahora bien, con este...

Entraron en los terrenos del castillo. Ya se distinguían los detalles de la edificación: las ventanas del piso bajo cegadas por las contraventanas, las dos torres albarranas, únicas partes antiguas del conjunto.

Cuando el coche se detuvo al pie de la escalinata, Maigret paseó la mirada por las ventanas enrejadas a ras del suelo y, en la cocina —llena de humo y de ropa tendida—, entrevió a una mujer gruesa ocupada en desplumar unas perdices.

El chófer no sabía qué hacer y no se atrevía a abrir la puerta del coche.

—El señor Jean no ha debido de levantarse todavía.

—Llame entonces a quien sea. ¿Es que no hay más criados en la casa?

Maigret tenía las fosas nasales húmedas. Hacía frío de verdad. Se quedó de pie en el patio junto al médico, que se puso a llenar su pipa.

—¿Quién es el señor Jean? —preguntó el comisario.

Bouchardon se encogió de hombros y esbozó una sonrisa irónica.

—Ya lo verá usted.

—Pero bueno, ¿quién es?

—Un joven. Un joven encantador.

—¿Algún pariente?

—Podría decirse... A su manera... ¡Bah! Lo mismo da que lo sepa ya. Era el amante de la condesa. Oficialmente, su secretario.

Entonces Maigret, al mirar al doctor a los ojos, recordó que había ido con él a la escuela. A él, en cambio, nadie lo reconocía. Tenía cuarenta y dos años. Había engordado demasiado...

¡El castillo! Maigret lo conocía mejor que nadie. Sobre todo las zonas comunes. Solo tenía que caminar unos pasos para encontrar con la casa del administrador, donde había nacido.

Esos eran los recuerdos que lo perturbaban ahora. Sobre todo el recuerdo de la condesa de Saint-Fiacre tal como él la había conocido. Una joven que, para un chico de pueblo como él, representaba toda la feminidad, toda la gracia, toda la nobleza.

¡Y ahora estaba muerta! La habían metido como una cosa inerte en el coche, y hubo incluso que doblarle las piernas... Ni siquiera le habían vuelto a cerrar el corsé, y la ropa interior blanca asomaba entre el negro del vestido de luto.

... se va a cometer un crimen...

Pero el médico afirmaba que había muerto de una embolia. ¿Qué demiurgo habría podido prever eso? ¿Y por qué avisar a la policía?

Alguien estaba corriendo dentro del castillo. Se oían puertas abrirse y cerrarse. Un mayordomo, con la librea a medio poner, entreabrió la puerta principal sin decidirse a avanzar. Tras él apareció un hombre en pijama, con los cabellos en desorden y los ojos cansados.

—¿Qué es lo que ocurre? —exclamó.

—¡El querido! —refunfuñó el cínico médico al oído de Maigret.

Habían alertado también a la cocinera. Por la ventana de su sótano, miraba en silencio. En las buhardillas, donde estaban las habitaciones de los criados, se abrían tragaluces.

—¿Y bien? ¿A qué esperan para llevar a la condesa a su lecho? —tronó Maigret con indignación.

Todo aquello le parecía un sacrilegio, pues no concordaba con sus recuerdos de la infancia. Empezó a sentir un malestar no solo moral, sino físico.

La campana dio el segundo toque a la misa. La gente debía apresurarse. Había granjeros que venían de lejos, en tartana, y traían flores para depositar sobre las tumbas.

Jean no se decidía a acercarse. El mayordomo que había abierto la puerta permanecía aterrado y tampoco avanzaba.

—La señora condesa... La señora... —balbuceaba.

—¿Entonces? ¿Es que van a dejarla ahí?

¿Por qué diablos tenía el doctor esa sonrisa irónica?

Maigret usó su autoridad.

—¡Vamos! Dos hombres... Usted —dijo señalando al chófer— y usted —añadió señalando al criado—, llévenla a su habitación.

Y mientras ellos se inclinaban junto al coche, en el vestíbulo sonó un timbre.

—¡El teléfono! Qué raro a estas horas —dijo entre dientes Bouchardon.

Jean no se atrevía a ir a responder. Parecía haber perdido la conciencia de lo que lo rodeaba. Fue Maigret quien se precipitó al interior y descolgó el auricular.

—¡Diga! Sí, el castillo...

Y una voz muy próxima:

—¿Me hace el favor de pasarme a mi madre? Debe de haber vuelto ya de misa.

—¿Quién está al aparato?

—El conde de Saint-Fiacre. Pero eso no es asunto suyo. Dígale a mi madre que se ponga al aparato.

—Un momento. ¿Me puede decir desde dónde telefonea?

—Desde Moulins... Pero, ¡por todos los diablos!, le estoy diciendo que...

—Venga aquí. Será lo mejor —replicó sin más Maigret, y colgó.

Y tuvo que apretarse contra la pared para dejar pasar al cuerpo, transportado por los dos criados.

2

El devocionario

—¿Entra usted? —preguntó el médico una vez que la muerta estuvo tumbada en su lecho—. Necesito que alguien me ayude a desnudarla.

—Habrá alguna doncella... —dijo Maigret.

En efecto, Jean subió al piso de arriba y volvió un poco más tarde acompañado por una mujer de unos treinta años que miraba alrededor horrorizada.

—Fuera de aquí —masculló el comisario a los criados.

Después retuvo a Jean por la manga, lo miró de arriba abajo y lo llevó hacia el vano de una ventana.

—¿En qué relaciones está usted con el hijo de la condesa?

—Pues... yo...

El joven estaba pálido, y su pijama rayado, de dudosa pulcritud, no añadía gran cosa a su prestigio. Su mirada rehuía la de Maigret. Tenía la manía de estirarse los dedos como si pretendiera alargarlos.

—¡Escuche! —lo interrumpió el comisario—. Tenemos que hablar claro para ganar tiempo.

Al otro lado de la pesada puerta de roble de la habitación se oían idas y venidas, el rechinar de los muelles de la cama, las órdenes a media voz del doctor Bouchardon a la doncella. Estaban desnudando a la muerta.

—¿Cuál es exactamente su situación en el castillo? ¿Desde cuándo está usted aquí?

—Desde hace cuatro años.

—¿Conocía a la condesa de Saint-Fiacre?

—Yo..., es decir, nos presentaron unos amigos comunes... Mis padres acababan de arruinarse por la quiebra de un pequeño banco de Lyon. Entré aquí como hombre de confianza, para ocuparme de los asuntos personales de...

—Perdón, ¿qué era lo que hacía usted antes?

—Viajaba... Escribía artículos de crítica de arte...

Maigret ni siquiera sonrió. Además, aquella atmósfera no se prestaba a la ironía.

El castillo era muy grande. Por fuera no estaba desprovisto de cierta elegancia, pero el interior tenía un aspecto tan miserable como el pijama de aquel joven. Polvo por todas partes, cosas viejas sin belleza, un revoltijo de objetos inútiles. Los tapices estaban descoloridos, y en las paredes se veían siluetas más claras allí donde habían retirado muebles. Sin duda los más bellos. Los que tenían algún valor.

—Usted se convirtió en amante de la condesa...

—Cada cual es libre de amar a quien...

—¡Imbécil! —gruñó Maigret, y volvió la espalda a su interlocutor.

¡Como si las cosas no estuvieran lo bastante claras por sí mismas! No había más que mirar a Jean. No había más que respirar unos instantes la atmósfera del castillo y sorprender las miradas de los criados.

—¿Sabía usted que iba a venir el hijo de la condesa?

—No. ¿Qué puede importarme eso?

Su mirada huyó de nuevo mientras con la mano derecha se estiraba los dedos de la izquierda.

—Me gustaría ir a vestirme... Hace frío. Pero ¿por qué se ocupa de este asunto la policía?

—Vaya a vestirse, sí.

Maigret abrió la puerta de la habitación, evitando mirar hacia la cama en la que estaba tendida la muerta, completamente desnuda.

El dormitorio era semejante al resto de la casa, muy grande, muy frío, lleno de viejos objetos descabalados. Cuando quiso acodarse en el mármol de la chimenea, se dio cuenta de que estaba roto.

—¿Ha encontrado usted algo? —le preguntó a Bouchardon—. Un momento. ¿Quiere usted hacer el favor de dejarnos, señorita?

Cerró la puerta tras la doncella, fue hasta la ventana y apoyó la frente en el cristal, dejando que su mirada errara por el parque, silencioso de hojas muertas y de brumas.

—Solo puedo confirmar lo que ya he dicho antes. La muerte se debió a una brusca parada cardiaca.

—¿Debida a...?

Gesto vago del médico, que cubrió el cadáver con una colcha y que se unió a Maigret junto a la ventana, donde encendió su pipa.

—Puede haber sido una emoción... Puede haber sido el frío... ¿Hacía frío en la iglesia?

—Al contrario. Entonces, ¿no ha encontrado ninguna herida?

—Ninguna.

—¿Ni siquiera la señal apenas perceptible de un pinchazo?

—Ya lo he pensado. ¡Nada! Y la condesa no puede haber tomado ningún veneno. Ya ve que sería muy difícil pretender que...

Pero Maigret era testarudo. A la derecha, entre los árboles, divisó el tejado rojo de la casa del administrador, donde había nacido.

—En pocas palabras, ¿cómo era la vida en el castillo? —preguntó a media voz.

—Usted lo sabe ya casi tan bien como yo. La condesa era una de esas mujeres que son modelos de buena conducta hasta los cuarenta o cuarenta y cinco años... Pero entonces murió el conde y su hijo se marchó a París para proseguir sus estudios...

—¿Y qué pasó aquí?

—Comenzaron a llegar secretarios que permanecían más o menos tiempo... Ya ha tenido usted ocasión de ver al último...

—¿Y la fortuna?

—El castillo está hipotecado... Tres granjas de cada cuatro se han vendido... De cuando en cuando viene un anticuario en busca de algo que tenga todavía algún valor...

—¿Y el hijo?

—No lo conozco bien. Dicen que es un personaje.

—Bien. Se lo agradezco.

Maigret fue a salir. Bouchardon lo siguió.

—Entre nosotros, tengo curiosidad por saber a qué se debe que estuviese usted precisamente esta mañana en la iglesia.

—¡Sí! Es extraño...

—Tengo la impresión de haberlo visto antes en otra parte.

—Es posible...

Maigret apretó el paso por el corredor. Tenía la cabeza un poco en blanco, quizá porque no había dormido bastante, o porque había cogido frío en la posada de Marie Tatin. Vio que Jean descendía por la escalera, vestido con un traje gris pero aún con pantuflas. Al mismo tiempo, un coche con escape libre entró en el patio del castillo.

Era un coche de carreras, pequeño, pintado de amarillo canario, largo, estrecho e incómodo. Un hombre con abrigo de cuero irrumpió instantes después en el vestíbulo, se quitó el casco y exclamó:

—*Hello!* ¿No hay nadie? ¿Es que está todo el mundo dormido?

Vio de pronto a Maigret, a quien miró con curiosidad.

—Pero ¿qué...?

—Silencio. Tenemos que hablar.

Jean, junto al comisario, estaba pálido, inquieto. Al pasar a su lado, el conde de Saint-Fiacre le dio un ligero puñetazo en la espalda y le dijo bromeando:

—¿Todavía por aquí, canalla?

No tenía el aire de estar enfadado con él. Solo de despreciarlo profundamente.

—No pasa nada grave, ¿verdad?

—Su madre ha muerto esta mañana, en la iglesia.

Maurice de Saint-Fiacre tenía treinta años, la misma edad que Jean. Los dos eran de igual estatura, pero el conde era más fornido, estaba un poco gordo, y todo su ser, en particular con la ropa de cuero que llevaba, traslucía una vida alegre. Sus ojos claros eran risueños y burlones. Fueron necesarias las palabras de Maigret para hacerle fruncir el ceño.

—¿Cómo dice usted?

—Venga por aquí.

—¡Cómo puede ser...! Yo que...

—¿Que...?

—Nada. ¿Dónde está ella?

Estaba aturdido, desconcertado. Entró en la habitación, levantó la colcha justo lo necesario para ver el rostro de la muerta.

Ninguna explosión de dolor. Ninguna lágrima. Ningún gesto dramático. Solo dos palabras murmuradas.

—¡Pobre vieja!

Jean creyó que era su deber acercarse a la puerta, pero el otro lo vio y le soltó:

—¡Tú, fuera de aquí!

Se puso nervioso. Empezó a caminar de un lado para otro. Se detuvo junto al doctor.

—¿De qué ha muerto, Bouchardon?

—Un ataque al corazón, señor Maurice... Pero el comisario sabe al respecto más que yo, por lo visto...

El joven se volvió con vehemencia hacia Maigret.

—¿Es usted de la policía? ¿Qué es lo que...?

—¿Quiere que hablemos unos minutos? Me agradaría poder dar un paseo. ¿Se queda usted aquí, doctor?

—Es que yo iba a cazar y...

—Bueno, ya irá a cazar otro día.

Maurice de Saint-Fiacre siguió a Maigret mirando el suelo ante sí con aire pensativo. Cuando llegaron a la avenida principal del castillo, la misa de las siete había terminado y los fieles, más numerosos que en la primera, salían y formaban grupos en la plaza. Algunos ya habían entrado en el cementerio y solo se les veía la cabeza por encima del muro.

A medida que el día avanzaba, el frío se hacía más intenso, sin duda a causa del cierzo que barría las hojas muertas de un lado a otro y las hacía dar vueltas como pájaros por encima del estanque de Nuestra Señora.

Maigret cargó su pipa. ¿No era esa la principal razón de que hubiese arrastrado al exterior a su acompañante? Y, sin embargo, el médico fumaba en la misma habitación de la muerta. Maigret tenía costumbre de fumar sin importar dónde, pero ¡no en el castillo! Aquel era un lugar aparte que, durante toda su adolescencia, había representado lo inaccesible.

«Hoy el conde me ha llamado a su biblioteca para trabajar con él», solía decir su padre con un gesto de orgullo. Y el muchacho que Maigret era entonces miraba lleno de respeto el cochecito que empujaba a lo lejos una niñera en el parque. Aquel bebé era Maurice de Saint-Fiacre.

—¿Quién puede tener interés en la muerte de su madre?

—No entiendo... El doctor acaba de decir...

Estaba ansioso. Hacía gestos violentos. Cogió con vehemencia el papel que Maigret le tendía, en el cual se anunciaba el crimen.

—¿Qué significa esto? Bouchardon ha hablado de una parada cardiaca y...

—Una parada cardiaca que alguien ha previsto con quince días de anticipación.

Los campesinos los miraban de lejos. Los dos hombres caminaban lentamente en dirección a la iglesia, siguiendo el curso de sus pensamientos.

—¿Qué venía usted a hacer al castillo esta mañana?

—Justo eso estaba diciéndome... —murmuró el joven—. Hace un instante me preguntaba usted si... ¡Pues bien! Sí. Si hay alguien que tenga interés en la muerte de mi madre..., ese soy yo.

No bromeaba. Su rostro denotaba preocupación. Saludó por su nombre a un hombre que pasaba en bicicleta.

—Como usted es de la policía, ya ha debido de comprender la situación... Por otro lado, ese animal de Bouchardon no se habrá recatado a la hora de hablar. Mi madre era una pobre vieja. Mi padre murió... Yo me marché... Cuando se quedó sola del todo, creo que empezó a trastornársele un poco el cerebro. Al principio se pasaba el tiempo en la iglesia. Después...

—Los jóvenes secretarios...

—No creo que sea exactamente lo que piensa usted ni lo que Bouchardon le habrá insinuado. No se trataba de vicio. Era más bien una necesidad de ternura, la necesidad de cuidar de alguien... Quizá la presencia de esos jóvenes le sirviese para no ir más lejos. ¡Ya ve! Eso no le impedía continuar siendo devota. Debía de tener terribles crisis de conciencia retorciéndose entre su fe y ese... esa...

—¿Decía usted antes sobre su interés...?

—Ya sabe usted que no queda gran cosa de nuestra fortuna. Y la gente, como ese señor al que ha visto usted suele ser muy ambiciosa... Seguramente dentro de tres o cuatro años no hubiera quedado nada...

Llevaba la cabeza descubierta. Se pasó los dedos por el cabello. Después, mirando con fijeza a Maigret y, tras una pausa, añadió:

—Solo me falta decirle que yo venía hoy con la intención de pedirle a mi madre cuarenta mil francos. Cuarenta mil francos que necesito para cubrir un cheque que, en caso contrario, me van a cruzar. Ya ve cómo todo se encadena.

Arrancó una rama de un seto junto al cual pasaban. Parecía estar haciendo un violento esfuerzo para no dejarse desbordar por los acontecimientos.

—¡Y pensar que he traído conmigo a Marie Vassiliev!

—¿Marie Vassiliev?

—Mi amante... La he dejado en la cama, en Moulins. En cualquier momento es capaz de coger un coche y presentarse aquí. ¡Solo faltaría eso!

En la posada de Marie Tatin, donde todavía quedaban algunos hombres bebiendo, apagaron la luz. El autobús que pasaba por Moulins estaba a punto de partir, medio vacío.

—Ella no se merecía esto —dijo Maurice con voz pensativa.

—¿Quién?

—Mamá.

Y en ese momento tenía algo de infantil, a pesar de su altura y de su gordura incipiente. ¿Era posible que estuviera a punto de llorar? Los dos hombres paseaban cerca de la iglesia, recorriendo sin cesar el mismo camino, unas veces de cara al estanque, y otras dejándolo a su espalda.

—Dígame, comisario, ¿es posible que alguien la haya matado? Pero entonces no me explico...

Maigret iba pensando en ello, y con tanta intensidad que se había olvidado de su acompañante. Recordaba hasta los menores detalles de la primera misa.

La condesa en su sitial... Nadie se había acercado a ella... Luego había comulgado... Se había arrodillado enseguida, con el rostro oculto entre las manos... Después había abierto el devocionario... Un poco después, de nuevo tenía el rostro entre las manos.

—¿Me permite un instante?

Maigret subió corriendo los peldaños de la escalinata y penetró en la iglesia, donde el sacristán estaba disponiendo el altar para la misa mayor. El campanero, un rudo campesino, calzado con unos pesados zapatos claveteados, rectificaba la alineación de las sillas.

El comisario se dirigió directamente hacia los sitiales, se inclinó, llamó al pertiguero, que se dio la vuelta.

—¿Quién ha recogido el devocionario?

—¿Qué devocionario?

—El de la condesa... Se quedó aquí.

—¿Usted cree?

—Tú, ven aquí —le dijo Maigret al campanero—. ¿No has visto el devocionario que estaba aquí?

—¿Yo...?

O era idiota o se lo hacía. Maigret estaba nervioso. Vio a Maurice de Saint-Fiacre de pie en el fondo de la nave.

—¿Quién se ha acercado a este asiento?

—La mujer del doctor ocupó ese mismo sitio en la misa de siete.

—Yo creía que el doctor no era creyente...

—Él, puede que no, pero su mujer...

—De acuerdo. Va usted a anunciar a todo el pueblo que hay una gran recompensa para el que me traiga el devocionario.

—¿Al castillo?

—No, a la posada de Marie Tatin.

Una vez fuera, Maurice de Saint-Fiacre caminó de nuevo a su lado.

—No comprendo bien lo del devocionario...

—Ataque al corazón, ¿no es así? Puede haber sido provocado por una fuerte emoción. Y eso ocurrió un poco después de la comunión, es decir, después de haber abierto su devocionario... Suponga que en el interior del libro...

El joven negó con la cabeza con aire descorazonado.

—No creo que hubiese ninguna noticia capaz de emocionar a mi madre hasta ese punto. Por otra parte, eso sería... tan... tan odioso...

Al decir esto respiraba con dificultad y miró hacia el castillo con gesto sombrío.

—Vamos a beber algo.

Pero no se dirigió al castillo, sino a la posada, donde su llegada pareció producir cierta inquietud. De repente, los cuatro campesinos que bebían de pie ya no se sentían cómodos. Saludaron con una mezcla de respeto y temor.

Marie Tatin llegó de la cocina enjugándose las manos en el delantal. Balbuceó:

—Señor Maurice... Todavía estoy trastornada por lo que se cuenta... Nuestra pobre condesa...

Y entonces se puso a llorar. ¡Ella! Debía de llorar de manera desconsolada cada vez que alguien se moría en el pueblo.

—Estuvo usted también en la misa, ¿no es verdad? —dijo la mujer, poniendo a Maigret por testigo—. Cuando pienso que nadie se dio cuenta de nada. Han venido a decírmelo aquí...

En tales casos, siempre resulta embarazoso demostrar menos sentimiento que las personas que deberían mostrarse indiferentes. Maurice escuchó estas condolencias tratando de ocultar su impaciencia y, para mantener la compostura, fue a la estantería a por una botella de ron y llenó dos vasos.

Un estremecimiento le sacudió los hombros al beber un trago, y le dijo a Maigret:

—Creo que he cogido un poco de frío esta mañana al venir aquí.

—Todo el mundo está acatarrado en la comarca, señor Maurice —dijo Marie Tatin dirigiéndose a Maigret, y añadió—: Usted también debería tener cuidado. Esta noche lo he oído toser.

Los campesinos se habían marchado. La estufa estaba al rojo vivo.

—¡Precisamente en un día como hoy! —dijo Marie Tatin.

A causa de la asimetría de sus ojos, no se sabía si miraba a Maigret o al conde.

—¿No quieren comer alguna cosa? ¡Dios mío! Me he quedado tan asombrada al oírlo, que hasta se me ha olvidado cambiarme de vestido.

Se había limitado a ponerse un delantal sobre el vestido negro que solo llevaba para acudir a misa. Su sombrero estaba encima de una mesa.

Maurice de Saint-Fiacre se bebió un segundo vaso de ron y miró a Maigret como para preguntarle qué debía hacer.

—Vámonos —dijo el comisario.

—¿Vendrá usted a comer? He matado un pollo y...

Pero los dos hombres estaban ya fuera. Delante de la iglesia había cuatro o cinco tartanas cuyos caballos se hallaban atados a los árboles. Por encima del muro bajo del cementerio se veían ir y venir las cabezas de los campesinos. Y en el patio del castillo, el coche amarillo era la única mancha de color vivo.

—¿Ya han cruzado el cheque? —preguntó Maigret.

—Sí. Pero lo cobran mañana.

—¿Trabaja usted mucho?

Silencio. Sonido de pasos sobre la tierra endurecida. El roce de las hojas secas arrastradas por el viento. Relinchar de caballos.

—Yo soy eso que se llama vulgarmente un bueno para nada. He hecho un poco de todo. Por ejemplo, los cuarenta mil... Quise montar un sociedad cinematográfica. Antes dirigía una empresa de telegrafía sin hilos.

A su derecha, se oyó una detonación sorda, junto al estanque de Nuestra Señora. Un cazador avanzó a zancadas hacia la pieza que acababa de matar, y en la que su perro estaba ahora ensañándose.

—Es Gautier, el administrador —dijo Maurice—. Supongo que habrá salido de caza antes de...

Entonces, de repente, sufrió una crisis de nervios: golpeó el suelo con el talón, puso muecas, estuvo a punto de dejar escapar un sollozo.

—Pobre vieja —mascullaba con los labios retraídos—. Es... es totalmente innoble... Y ese canalla de Jean que...

Como por encantamiento, vieron de pronto a lo lejos al

propio Jean, que recorría el patio del castillo en compañía del doctor quien, al parecer, sostenía con él una discusión apasionada, pues gesticulaba con sus brazos delgados.

En el viento se percibía cada vez más con mayor intensidad el olor de los crisantemos.

3

El monaguillo

No había sol que deformase las imágenes, ni cielos nublados que difuminasen los contornos. Cada cosa se recortaba con cruel nitidez: los troncos de los árboles, las ramas muertas, los guijarros y, sobre todo, la ropa negra de la gente que había acudido al cementerio. Todo lo blanco, por el contrario —las lápidas sepulcrales, las camisas almidonadas, las cofias de las viejas—, adquiría un valor irreal, pérfido: era un blanco demasiado blanco, que desentonaba.

A no ser por el cierzo seco que cortaba las mejillas, uno hubiera podido creerse bajo una campana de vidrio polvorienta.

—Le veré más tarde.

Maigret se despidió del conde de Saint-Fiacre delante de la verja del cementerio. Una vieja sentada en un taburete que ella misma había llevado intentaba vender naranjas y chocolate.

—¡Naranjas! ¡Bien gordas! ¡Y aún no están maduras! ¡Heladas!...

Aquello le daba grima y hacía que se le cerrase la garganta, pero cuando tenía diez años las devoraba de todas formas, porque eran naranjas.

Se había subido el cuello de terciopelo del abrigo. No miraba a nadie. Sabía que tenía que torcer a la derecha y que la tumba que buscaba era la tercera pasado el ciprés.

Por todas partes alrededor, el cementerio estaba lleno de flores. El día anterior, las mujeres habían lavado ciertas piedras con cepillo y jabón. Las verjas estaban recién pintadas.

AQUÍ YACE EVARISTE MAIGRET

—¡Perdón! No se permite fumar.

El comisario apenas se dio cuenta de quién le hablaba. Por fin identificó al campanero, que era también guardián del cementerio, y se guardó en el bolsillo la pipa, aún encendida.

No lograba pensar en una sola cosa a la vez. Los recuerdos lo inundaban, recuerdos de su padre, de un compañero que se ahogó en el estanque de Nuestra Señora, del niño del castillo en su cochecito lujosamente adornado.

Los que pasaban se quedaban mirándolo. Él también los miraba a ellos. Recordaba haberlos visto antes. Pero entonces aquel hombre que llevaba una niña en brazos, y al que seguía una mujer encinta, tenía solo cuatro o cinco años.

Maigret no había llevado flores. La tumba estaba deslucida. Salió del cementerio, de mal humor, mascullando algo que hizo volver la cabeza a los que se encontraban a su lado:

—Ante todo hay que encontrar el devocionario.

No tenía ganas de volver al castillo. Algo allí le desazonaba, le indignaba casi.

Era cierto que él no acostumbraba a hacerse ilusión alguna sobre los hombres. Pero estaba furioso de ver cómo se desvanecían los recuerdos de su infancia. Sobre todo la condesa, que había aparecido siempre a sus ojos noble y bella como el personaje de un libro de estampas. ¡Y he aquí que solo era una vieja chiflada que se entretenía con gigolós!

Ni siquiera eso. No se trataba de algo tan claro. Era el famoso Jean quien jugaba a los secretarios. Y no era muy guapo, ni siquiera muy joven.

Y la pobre vieja, como decía su hijo, debatiéndose entre el castillo y la iglesia.

Y el último conde de Saint-Fiacre en peligro de ser arrestado por haber firmado un cheque sin tener fondos para cubrirlo.

Alguien caminaba delante de Maigret con la escopeta a la espalda, y el comisario se dio cuenta de que se dirigía hacia la casa del administrador. Creyó reconocer la silueta del hombre que había visto antes en el campo.

Solo unos metros separaban a los dos hombres cuando llegaron al patio, en el que algunos pollos se apelotonaban contra el muro al abrigo del viento, con las plumas temblorosas.

—¡Eh!

El hombre de la escopeta se dio la vuelta.

—¿Es usted el administrador de Saint-Fiacre?

—¿Y usted quién es?

—Comisario Maigret, de la policía judicial.

—¿Maigret?

El administrador pareció acordarse del nombre, pero no acertaba a precisar sus recuerdos.

—¿Está usted al corriente de lo sucedido?

—Acaban de comunicármelo. Había salido de caza... Pero ¿qué hace la policía...?

Era un hombre bajo, fornido, de pelo gris, con la piel surcada de arrugas finas y profundas, y cuyos ojos parecían emboscarse detrás de unas espesas cejas.

—Me han dicho que el corazón...

—¿Adónde iba usted?

—No quería entrar en el castillo con las botas manchadas de barro y la escopeta.

De su morral colgaba la cabeza de un conejo. Maigret miraba la casa a la que se dirigían.

—¡Vaya! Han cambiado la cocina.

Una miraba recelosa se fijó sobre él.

—¡Hace ya casi quince años!—masculló el administrador.

—¿Cómo se llama usted?

—Gautier... ¿Es verdad que el conde ha llegado sin que...?

Lo dijo de manera titubeante, reticente. Empujó la puerta de la casa sin invitar a Maigret al interior. No por eso se abstuvo el comisario de entrar. Se dirigió a la derecha, en dirección al comedor, que olía a bizcocho y a aguardiente viejo.

—Venga usted un instante, señor Gautier. De momento no lo necesitan en el castillo y a mí me gustaría hacerle algunas preguntas.

—¡Deprisa! —dijo una voz de mujer en la cocina—. Parece que es horrible...

Maigret palpó la mesa de roble, cuyos ángulos estaban adornados con cabezas de leones esculpidas. Era la misma que había en su época. Recordó habérsela vendido al nuevo administrador tras la muerte de su padre.

—¿Quiere tomar algo? —dijo Gautier mientras elegía una botella en el aparador, tal vez con el único objeto de ganar tiempo.

—¿Qué piensa usted del señor Jean? Y, por cierto, ¿cuál es el apellido del tal caballero?

—Métayer... Una familia bastante buena de Bourges.

—¿Le salía muy caro a la condesa?

Gautier llenó los vasos de aguardiente, pero guardó un silencio obstinado.

—¿Qué hacía el joven en el castillo? Como administrador, supongo que sería usted quien se ocuparía de todo.

—De todo.

—¿Entonces?

—En realidad no hacía nada... Escribía algunas cartas personales. Al principio pretendía hacer ganar dinero a la condesa gracias a sus conocimientos financieros. Logró que comprara algunos valores que se derrumbaron a los pocos meses. Pero él afirmaba que volvería a ganar todo lo perdido y mucho más gracias a un nuevo procedimiento fotográfico inventado por uno de sus amigos. Esto le costó a la condesa unos cien mil francos, y el amigo desapareció...

En fin, por último inventó no sé qué historia de reproducción de negativos... Yo no entiendo mucho... Por lo visto, se trata de algo parecido al fotograbado o al heliograbado, pero mucho más barato.

—Jean Métayer estaba muy ocupado...

—Mucho ruido y pocas nueces. Escribía artículos en el *Journal de Moulins*, donde no tenían más remedio que aceptar su colaboración por influencia de la condesa. Era allí donde hacía las pruebas de sus negativos sin que el director se atreviera a despedirlo... ¡A su salud! —Y añadió, repentinamente inquieto—: ¿Acaso ha ocurrido algo entre él y el conde?

—Nada en absoluto.

—Supongo que es una casualidad que esté usted aquí... No hay razón para ello, porque se trata de una enfermedad del corazón.

El problema era que no había forma de que el administrador lo mirara a los ojos. El hombre se enjugó los bigotes y pasó a la habitación vecina.

—¿Me permite que me cambie de ropa? Tengo que ir a misa mayor y ahora...

—Le veo más tarde —dijo Maigret mientras salía.

No había cerrado la puerta todavía cuando oyó preguntar a la mujer que no se había dejado ver:

—¿Quién era?

Habían pavimentado con baldosas el lugar del patio donde antaño él solía jugar a las canicas sobre la tierra.

Grupos de personas endomingadas llenaban por completo la plaza, y desde la iglesia se filtraba el sonido del órgano.

Los niños, vestidos con sus trajes nuevos, no se atrevían a jugar. Por todas partes salían pañuelos de los bolsillos. Las narices estaban rojas. La gente se sonaba sin cesar.

A Maigret le llegaban retazos de frases:

—Es agente de policía de París...

—Parece que ha venido a causa de la vaca que estiró la pata la semana pasada en casa de Mathieu...

Un joven petimetre, con una flor roja en el ojal de su chaqueta de sarga azul marino, el rostro reluciente y los cabellos brillantes de pomada, se atrevió a decirle al comisario:

—Lo esperan en casa de Marie Tatin para algo relacionado con cierto robo.

Y les daba codazos a sus camaradas, conteniendo una risa que estalló nada más volvió Maigret la cabeza.

No se lo había inventado. En casa de Marie Tatin la atmósfera era más caliente, más pesada. Los hombres habían fumado pipa tras pipa. Los miembros de una familia de campesinos, sentados a una mesa, se comían las viandas que habían traído consigo de la granja y bebían grandes tazas de café. El padre cortaba con su navaja un salchichón curado.

Las jóvenes bebían limonada y los viejos aguardiente. Marie Tatin trajinaba sin descanso.

Al ver entrar al comisario, en un rincón se levantó una mujer y dio unos pasos hacia él, turbada, indecisa, con los labios húmedos. Tenía puesta una mano sobre el hombro de un mozalbete al que Maigret reconoció como el monaguillo pelirrojo.

Todos los presentes en la posada los miraban con fijeza.

—¿Es usted el señor comisario? En primer lugar, quería decirle que en mi familia siempre hemos sido honrados. Por eso precisamente seguimos siendo pobres. ¿Comprende usted? Cuando he visto que Ernest...

El muchacho, muy pálido, miraba con fijeza hacia delante y no manifestaba la menor emoción.

—¿Eres tú quien ha cogido el devocionario? —preguntó Maigret inclinándose hacia él.

No obtuvo ninguna respuesta. Solo una mirada aguda, feroz.

—Responde al señor comisario.

Pero el muchacho no despegaba los labios. Con gesto rápido, la madre le dio una bofetada que le dejó una señal roja en la mejilla derecha. La cabeza del chico osciló un instante. Los ojos se le humedecieron un poco, sus labios se estremecieron, pero no dijo nada.

—¿Es que no vas a responder, castigo de mi vida? —Y dirigiéndose a Maigret—: ¡Mire cómo son los niños de hoy! Hace más de un mes que llora para que le compre un devocionario. ¡Uno bien grueso, como el del señor cura, dice! ¿Se lo puede usted creer? Por eso en cuanto he oído hablar del libro de la señora condesa, enseguida he sospechado. Además, me sorprendió verlo volver a casa entre la segunda y la tercera misa, porque suele comer en la rectoría. Entonces he entrado en su cuarto y he encontrado esto escondido debajo del colchón.

Por segunda vez la mano de la madre se abatió sobre la mejilla del muchacho, que no hizo el menor gesto para evitar el golpe.

—A su edad yo no sabía leer. Aun así, jamás habría tenido tanto vicio como para robar un libro.

En la posada reinaba un silencio respetuoso. Maigret tenía el devocionario en las manos.

—Le doy las gracias, señora.

Estaba impaciente por examinarlo e hizo ademán de dirigirse hacia el fondo de la sala.

—Señor comisario...

La mujer lo llamaba, parecía desconcertada.

—Me dijeron que había una recompensa. ¿O es que como Ernest...?

Maigret le tendió veinte francos, que ella se guardó cuidadosamente en el bolso. Después empujó a su hijo hacia la puerta mientras le regañaba:

—Y tú, carne de horca, vas a ver lo que te espera.

La mirada de Maigret se encontró con la del muchacho. Fue cosa de unos segundos, pero bastó para que se comprendieran el uno al otro y se supieran amigos. Quizá porque Maigret había deseado también en otro tiempo, sin llegar a poseerlo jamás, un devocionario de cantos dorados que tuviera no solo las oraciones ordinarias de la misa, sino todos los textos litúrgicos a dos columnas, en latín y en francés.

—¿A qué hora vendrá usted a comer?

—No lo sé.

Maigret había estado a punto de subir a su cuarto para echarle un vistazo al devocionario, pero el mero recuerdo de aquel techo por el que se filtraban toda clase de corrientes de aire le había hecho desistir de su idea y salir de nuevo a la carretera.

Y fue allí, caminando lentamente en dirección al castillo, donde abrió el libro encuadernado con las armas de los

Saint-Fiacre. Mejor dicho: más que abrirlo él, fue el devocionario quien se abrió casi por sí mismo en una página determinada, en la cual había un papel intercalado.

Era la página 221: *Oración para después de la comunión.*

Lo que había allí era un pedazo de periódico, recortado de cualquier manera y que, a primera vista, tenía algo de extraño, como si estuviera mal impreso:

París, 1 de noviembre. Un dramático suicidio ha tenido lugar esta mañana en un apartamento de la rue Miromesnil ocupado, desde hace varios años, por el conde de Saint-Fiacre y su amante, una rusa llamada Marie V...

Después de haber declarado ante su amante que sentía vergüenza a causa del escándalo provocado por cierto miembro de su familia, el conde se disparó un tiro en la cabeza y murió unos minutos después sin haber recobrado el conocimiento.

Según nuestros informes, se trata de un drama familiar particularmente penoso, y la persona cuya vida escandalosa ha provocado el hecho no es otra que la madre del desesperado.

Una oca que se paseaba por el camino dirigió con furia su pico abierto hacia Maigret. Las campanas sonaban incansables mientras la muchedumbre salía despacio y en actitud piadosa de la iglesia, de la que se escapaba el olor del incienso y de los cirios recién apagados.

Maigret se había guardado el devocionario en el bolsillo, que había quedado deformado por el grosor del libro. Se había detenido para examinar el terrible pedazo de papel.

¡El arma del crimen! ¡Un trozo de periódico de solo siete centímetros de extensión!

La condesa de Saint-Fiacre había acudido a la primera misa, se había arrodillado en el sitial que desde hace siglos estaba reservado para los miembros de su familia. Había comulgado según estaba previsto. A continuación, había abierto el devocionario para leer la *Oración para después de la comunión*.

¡El arma estaba allí! Maigret le dio vueltas al papel en todos los sentidos. Había algo falso en él. Observó, entre otras cosas, el alineamiento de los caracteres y tuvo la impresión de que no estaban de verdad impresos como en el caso de un verdadero diario.

Se trataba, más bien, de una simple prueba de imprenta tirada a mano, como demostraba el hecho de que el envés de la hoja llevara exactamente el mismo texto.

No se habían andado con refinamientos, o quizá no habían tenido tiempo. Por otra parte, ¿por qué iba la condesa a darle la vuelta al papel? ¿No moriría antes de emoción, de indignación, de vergüenza, de angustia?

La expresión de Maigret era aterradora, pues jamás había visto un crimen al mismo tiempo tan cobarde y tan hábil.

¡Y el asesino había tenido la idea de advertir a la policía! Si no hubiera encontrado el devocionario...

Sí. ¡Eso era! El devocionario no debía encontrarse, y entonces habría sido imposible hablar de crimen o acusar a nadie. La condesa había muerto de un repentino ataque al corazón.

De pronto dio media vuelta. Llegó a casa de Marie Tatin, donde todo el mundo hablaba de él y del devocionario.

—¿Sabe usted dónde vive el pequeño Ernest?

—En la calle mayor, tres casas más allá de la tienda de ultramarinos.

Maigret no tardó en llegar. Era una casucha sin pretensiones. En la pared, a ambos lados del aparador, colgaban dos ampliaciones fotográficas, una del padre y otra de la madre. La mujer, ya en camisón, estaba en la cocina, que olía a carne asada.

—¿Está su hijo en casa?

—Sí, está desvistiéndose. No merece la pena que se manche el traje de los domingos. ¡Ya ha visto cómo le he sacudido! Un niño que solo ha tenido buenos ejemplos delante de sus ojos, y ahora... —La mujer abrió una puerta y gritó—: ¡Ven aquí, mala persona!

Se vio al niño en calzón, que estaba tratando de esconderse.

—Deje que se vista —dijo Maigret—. Ya hablaré con él más tarde.

La mujer siguió preparando la comida. Seguramente, su marido estaba en casa de Marie Tatin tomando el aperitivo.

Por fin se abrió la puerta y entró Ernest, desconfiado, con su traje de todos los días, cuyos pantalones le estaban un poco largos.

—Ven a dar un paseo conmigo.

—¡Con usted! —exclamó la mujer—. Pero, entonces, Ernest, ve corriendo a ponerte el traje nuevo.

—No es necesario, señora. Vamos, muchacho.

La calle se hallaba desierta. Toda la vida del pueblo estaba concentrada en la plaza, en el cementerio y en casa de Marie Tatin.

—Mañana te regalaré un libro de misa más grueso todavía, con la inicial de cada versículo en rojo.

El muchacho no cabía en sí de asombro. ¿De modo que el comisario sabía que existían devocionarios con las letras rojas como el que había en el altar mayor?

—Solo tienes que decirme de verdad dónde encontraste el devocionario de la condesa.

Era curioso ver cómo en el muchacho iba aflorando la vieja desconfianza de los campesinos. Se calló. Estaba ya a la defensiva.

—¿Lo encontraste en el reclinatorio?

Silencio. Tenía manchas rojizas en las mejillas y debajo de la nariz. Sus labios carnosos intentaban permanecer impasibles.

—¿Es que no te has dado cuenta de que soy un gran amigo tuyo?

—Sí... Usted le ha dado veinte francos a mamá.

—¿Y entonces?

El muchacho se vengó.

—Al volver a casa mamá me ha dicho que solo me había pegado para disimular. Después me ha dado cincuenta céntimos.

¡Vaya! Sabía lo que se hacía. ¿Qué pensamientos rondaban por aquella cabeza demasiado grande para su cuerpo flaco?

—¿Y el sacristán?

—No me ha dicho nada.

—¿Quién ha cogido el devocionario del reclinatorio?

—No lo sé.

—Y tú, ¿dónde lo has encontrado?

—Debajo de mi sobrepelliz, en la sacristía. Tenía que ir a la rectoría a comer, pero me olvidé el pañuelo. Al mover la sobrepelliz noté una cosa dura...

—¿Dónde estaba el sacristán en ese momento?

—En la iglesia, ocupado en encender los cirios... Pero, ¿sabe usted?..., los que tienen las letras rojas cuestan muy caros.

Dicho de otro modo: alguien había cogido el devocionario del reclinatorio y lo había colocado momentáneamente debajo del sobrepelliz del monaguillo con la idea evidente de volver a por él más tarde.

—¿Lo abriste?

—No tuve tiempo... Quería tomarme mi huevo pasado por agua, porque los domingos...

—Ya sé...

Y Ernest se preguntó cómo podía aquel hombre de ciudad saber que los domingos había huevo y confitura en la rectoría.

—Ya te puedes ir.

—¿Es verdad que me va a dar...?

—Un devocionario, sí... Mañana... Hasta la vista, muchacho.

Maigret le tendió la mano y el chico dudó unos momentos antes de decidirse a darle la suya.

—¡Yo ya sé que eso es una broma! —dijo, aun así, al alejarse.

Un crimen en tres tiempos: alguien había compuesto o hecho componer el artículo con la ayuda de una linotipia, que solo podía encontrarse en un diario o en una imprenta importante.

Alguien había colocado el papel dentro del devocionario.

Alguien había recogido el libro y lo había dejado momentáneamente debajo de la sobrepelliz, en la sacristía.

¿Era posible que lo hubiera hecho todo la misma persona? ¿O cada acto había tenido un autor diferente? Tal vez solo dos de los actos habían sido obra de la misma persona...

Al pasar por delante de la iglesia, Maigret vio al cura, que salía y se dirigía hacia él. Lo esperó bajo los álamos, cerca de la vendedora de naranjas y chocolates.

—Voy al castillo —dijo el sacerdote al llegar a la altura del comisario—. Es la primera vez que he celebrado la misa casi sin darme cuenta de lo que hacía. La idea de que pueda tratarse de un crimen...

—¡Ha sido un crimen! —soltó Maigret.

Caminaron en silencio. El comisario, sin decir nada, entregó el pedazo de papel a su acompañante, que se lo devolvió después de leerlo.

Recorrieron aún cerca de cien metros sin pronunciar palabra.

—El desorden llama al desorden. Pero era una pobre criatura...

Avanzaban uno junto al otro sujetándose ambos el sombrero con la mano a causa del cierzo, que había redoblado su violencia.

—No supe ser lo bastante enérgico —murmuró el padre con voz sombría.

—¿Usted?

—Ella acudía a mí casi todos los días. Estaba dispuesta a regresar al camino del Señor. Pero todos los días, en el castillo... —Su tono era duro—. ¡Yo no quería ir! Y, sin embargo, era mi deber.

Tuvieron que detenerse debido a dos hombres que venían por la gran avenida del castillo, a los que reconocieron como el doctor, con su barbita negra, y, tras él, el enjuto y alargado Jean Métayer, que hablaba todavía como enfebrecido. El automóvil amarillo estaba aún en el patio. Se adivinaba que Métayer no se atrevía a regresar al castillo mientras se encontrase en él el conde de Saint-Fiacre.

Una luz dudosa parecía iluminar el pueblo. ¡Una situación dudosa! ¡Idas y venidas imprecisas!

—¡Venga! —dijo Maigret.

El doctor debió de decirle lo mismo al secretario, al que arrastró hasta que estuvieron lo bastante cerca para hablar con ellos.

—Buenos días, señor cura. Mire, le aseguro que, a pesar de que no soy creyente, me doy cuenta de la angustia que experimenta usted ante la idea de que se haya cometido un crimen en su iglesia. Pues bien... No. La ciencia es categórica. *Nuestra* condesa ha muerto de un ataque al corazón.

Maigret se había aproximado a Jean Métayer.

—Una pregunta... —Se daba cuenta de que el joven estaba nervioso, jadeante de angustia—. ¿Cuándo fue usted por última vez al *Journal de Moulins*?

—Yo..., espere... —Iba a hablar, pero se puso alerta y miró al comisario con desconfianza—. ¿Por qué me lo pregunta?

—Eso no importa.

—¿Estoy obligado a responder?

—Es usted libre de callarse.

Su rostro no era del todo el de un degenerado, pero sin duda era un rostro inquieto, atormentado. Todo él denotaba un nerviosismo extraordinario, capaz de despertar el interés del doctor Bouchardon, que hablaba con el cura.

—Ya sé que van a ir a por mí. Pero me voy a defender.

—Entiendo. Usted se defenderá.

—Quiero ver enseguida a un abogado. Estoy en mi derecho. Por otra parte, ¿en virtud de qué título está usted...?

—Un momento. ¿Ha estudiado usted derecho?

—Dos años. —Al responder, Jean Métayer intentó rehacerse, sonreír—. No existe en este caso ni demanda ni flagrante delito. Por tanto, usted no tiene ninguna atribución para...

—Muy bien. De acuerdo.

—El doctor afirma...

—Sin embargo, yo sostengo que la condesa ha sido asesinada por el más repugnante de los canallas. ¡Lea esto!

Y Maigret le tendió el papel impreso. Poniéndose de pronto rígido, Jean Métayer miró a su interlocutor como si fuera a escupirle a la cara.

—¿Un..., ha dicho usted un...? No le permito que...

El comisario le puso con suavidad la mano sobre el hombro.

—Pero, mi pobre muchacho, yo aún no me he referido a «usted». ¿Dónde está el conde? Léalo de todas formas. Ya me lo devolverá luego.

Un destello de triunfo brilló en los ojos de Métayer.

—El conde está discutiendo sobre unos cheques con el administrador. Los encontrará usted en la biblioteca.

El sacerdote y el médico caminaban delante, y Maigret pudo oír la voz de este cuando dijo:

—Pero no, señor cura. ¡Es humano! ¡Archihumano! Si por lo menos hubiese usted leído algo de psicología en lugar de andar espulgando las obras de san Agustín...

Y la grava crujía bajo los pasos de los cuatro hombres mientras subían lentamente los peldaños de la escalinata, que el frío hacía parecer más blancos y más duros que de costumbre.

4

Marie Vassiliev

Maigret no podía estar en todas partes. El castillo era demasiado grande. Tal vez por eso no tenía más que una idea aproximada de los acontecimientos de la mañana.

Era la hora en que, los domingos y los días de fiesta, los campesinos demoraban el momento de regresar a sus casas mientras saboreaban el placer de estar en grupo, bien vestidos, en la plaza del pueblo o en el café. Algunos estaban ya borrachos. Otros hablaban en voz muy alta. Y los niños, metidos en sus trajes rígidos, miraban a sus padres con admiración.

En el castillo de Saint-Fiacre, Jean Métayer, con el rostro amarillento, había subido solo al primer piso, donde se lo oía ir y venir en una habitación.

—Si quiere acompañarme... —le dijo el doctor al cura.

Y lo arrastró hasta la habitación de la muerta.

En el piso de abajo, un largo corredor con una doble fila de puertas corría a lo largo de toda la planta. Maigret oyó un rumor de voces. Le habían dicho que el conde de Saint-Fiacre y el administrador estaban en la biblioteca.

Quiso entrar en ella, pero se equivocó de puerta y se encontró en el salón. La puerta de comunicación con la biblioteca se hallaba abierta. En un espejo de marco dorado vio la imagen del joven, apoyado en la esquina de un escritorio, con aspecto abrumado, y la del administrador, bien plantado sobre sus cortas piernas.

—Debe comprender que no sirve de nada insistir —dijo Gautier—. Sobre todo tratándose de cuarenta mil francos.

—¿Quién me respondió por teléfono?

—El señor Jean, naturalmente.

—Está claro que no le pasó el recado a mi madre.

Maigret carraspeó y entró en la biblioteca.

—¿De qué llamada telefónica hablaban ustedes?

Maurice de Saint-Fiacre respondió sin embarazo:

—De la que hice anteayer al castillo. Como ya le dije antes, tengo necesidad urgente de dinero. Quería pedirle a mi madre la suma necesaria. Pero ese... ese... En fin, ese señor Jean, como acaba de decir aquí, que estaba al otro lado del aparato...

—¿Le respondió que no había nada que hacer...? Pero usted ha venido de todas formas...

El administrador observaba a los dos hombres. Maurice se había apartado del escritorio donde se apoyaba antes.

—Pero yo no he llamado a Gautier para hablar de eso —dijo con nerviosismo—. Creo que no le he ocultado la situación, comisario. Mañana presentarán contra mí la denuncia y es evidente que, muerta mi madre, yo soy el único heredero natural. En consecuencia, le he pedido a Gautier que me facilitara cuarenta mil francos para mañana por la mañana. Pues bien, parece que es imposible.

—De todo punto imposible —recalcó el administrador.

—Según dice, no se puede hacer nada sin la intervención del notario, que no convocará a los interesados hasta después del funeral. Y Gautier añade que, aun después de arreglados los trámites legales, será difícil encontrar a alguien que me proporcione cuarenta mil francos sobre los bienes que quedan. —Se había puesto a caminar de un lado a otro de la estancia—. Está claro, ¿no? Está clarísimo. Es probable que no me dejen ni siquiera presidir el funeral... Aunque... Una pregunta más... Ha hablado usted de crimen... ¿Qué...?

—Con bastante seguridad, no hay ni habrá nadie que presente una denuncia —dice Maigret—. La fiscalía no se hará cargo del asunto.

—Déjenos solos, Gautier —pidió el conde, y, cuando el administrador hubo salido, dijo con pesar—: ¿Un crimen, de verdad?

—Sí. Un crimen que no será oficialmente investigado por la policía.

—Explíquese, comienzo a...

Entonces oyeron una voz femenina en el vestíbulo junto con la voz más grave del administrador. Maurice frunció el ceño, se dirigió a la puerta y la abrió con gesto de disgusto.

—¡Marie! Pero ¿qué...?

—¡Maurice! ¿Por qué no me dejan entrar? Es intolerable. Hace ya más de una hora que te espero en el hotel.

Hablaba con un mareado acento extranjero. Era Marie Vassiliev, que había llegado de Moulins en un viejo taxi que podía verse en el patio.

Era alta, muy hermosa, con el cabello de un rubio quizás

artificial. Al ver que Maigret la observaba, se puso a hablar en inglés con locuacidad, y Maurice le respondía en el mismo idioma.

Le preguntó si tenía dinero y él le respondió que eso ya no importaba, que su madre había muerto y que ella debía regresar a París, donde él también volvería en breve.

Ella se rio.

—¿Y con qué dinero? Ni siquiera tengo para pagar el taxi.

Maurice de Saint-Fiacre empezó a perder la calma. La voz aguda de su amante resonaba en el castillo y daba a la escena un aire de escándalo.

El administrador seguía en el corredor.

—Si te quedas aquí, me quedo contigo —declaró Marie Vassiliev.

Maigret ordenó al administrador:

—Pague usted el taxi y despídalo.

El desorden fue en aumento. No un desorden material, reparable, sino un desorden moral que parecía contagioso. El propio Gautier estaba perdiendo la compostura.

—Tenemos que hablar, comisario —fue a decirle a Maigret el joven.

—Ahora no.

Y señaló a la joven, que iba y venía por el salón y la biblioteca como si estuviera haciendo inventario.

—¿De quién es este estúpido retrato, Maurice? —preguntó ella riendo.

Pasos en la escalera. Maigret vio llegar a Jean Métayer, que se había puesto un amplio gabán y llevaba en la mano una bolsa de viaje. Parecía dudar acerca de si le iban a permitir abandonar el castillo, pues se quedó delante de la puerta de la biblioteca en actitud de espera.

—¿Adónde va usted?

—A la posada. Creo que es más digno por mi parte...

Maurice de Saint-Fiacre, para librarse de su amante, la condujo a una habitación situada en el ala derecha del castillo. Mientras se alejaban, continuaban discutiendo en inglés.

—¿Es cierto que no se podrá encontrar a nadie que adelante cuarenta mil francos por el castillo? —le preguntó Maigret al administrador.

—Será difícil.

—Bueno. Aun así, haga lo imposible mañana por la mañana.

El comisario iba a salir, pero dudó. En el último momento, decidió subir al primer piso, donde le esperaba una sorpresa. Mientras que abajo la gente se agitaba sin objeto, en la habitación de la condesa de Saint-Fiacre reinaba el orden.

El doctor, con ayuda de la doncella, había adecentado el cadáver.

Ya no se respiraba allí la atmósfera equívoca y sórdida de la mañana. El cadáver ya no parecía el mismo.

La muerta, vestida con un camisón blanco, estaba tendida en su lecho con baldaquino en actitud apacible y digna, con las manos unidas sobre un crucifijo.

Había ya velas encendidas, agua bendita y un ramito de boj en una copa.

El doctor miró a Maigret y pareció decirle con la mirada: «Y bien, ¿qué le parece? ¿No hemos hecho un buen trabajo?».

El cura rezaba moviendo los labios en silencio. Se quedó solo con la muerta mientras los demás se iban.

En la plaza, delante de la iglesia, los grupos de personas eran menos numerosos. A través de las cortinas de las casas se veía a las familias sentadas a la mesa para comer.

Durante unos minutos, el sol intentó romper el manto de nubes, pero instantes después el cielo volvió a ensombrecerse y los árboles se estremecieron con más fuerza.

Jean Métayer estaba sentado en el rincón cercano a la ventana y comía de forma maquinal mientras contemplaba la calle desierta. Maigret había tomado asiento en el otro extremo del comedor de la posada. Entre los dos estaba instalada una familia de un pueblo próximo que había llegado en un camioneta, llevándose consigo la comida, y a la que Marie Tatin servía cerveza.

La pobre Tatin estaba trastornada. No comprendía nada. Por lo general, solo alquilaba muy de tarde en tarde una habitación abuhardillada a algún obrero venido para hacer reparaciones en el castillo o en alguna granja.

Y he aquí que, además de Maigret, tenía un nuevo huésped: el secretario de la condesa.

No se atrevía a preguntar a nadie. Toda la mañana había estado oyendo contar cosas espantosas a sus clientes. Entre otras, había oído hablar de la policía.

—Me temo que el pollo está demasiado cocinado —dijo al servir a Maigret.

Y el tono era el mismo que emplearía para decir: «¡Tengo miedo de todo! ¡No sé qué pasa! ¡Virgen Santísima, protégeme!».

El comisario la miró con ternura y pensó que siempre había tenido ese aire asustado, de sufrimiento.

—Marie, ¿te acuerdas de...?

Ella abrió mucho los ojos. Esbozó un gesto defensivo.

—¿... aquello de las ranas?

—Pero... quién...

—Tu madre te había mandado a buscar setas al prado que está al otro lado del estanque de Nuestra Señora. Tres mozalbetes, aprovechando un momento en que tú pensabas en otra cosa, cambiaron las setas del cesto por ranas, y tú, recorriste todo el camino asustada porque aquellas cosas se movían...

Por unos momentos ella lo miró con atención y, al fin, balbuceó:

—¿Maigret?

—Atención, Jean ha terminado su pollo y quiere que le sirvas otro plato.

De pronto Marie Tatin ya no parecía la misma. Seguía estando turbada, pero tenía arrebatos de confianza.

¡Qué vida aquella! Años y años sin ocurrir el menor incidente, sin que nada viniese a romper la monotonía de los días, y ahora, de repente, se sucedían los acontecimientos, dramas incomprensibles, cosas que solo se leen en los periódicos.

Después de servir a Jean Métayer y a los campesinos, Marie le dirigió a Maigret una mirada de complicidad. Cuando terminó, le preguntó con tono tímido:

—¿Tomará usted un vasito de aguardiente?

—Antes me tuteabas, Marie.

Ella rio. No, ya no se atrevía.

—Pero ¿todavía no has comido?

—¡Oh, sí! Yo como siempre en la cocina. Un bocado ahora... Otro bocado más tarde...

Por la calle, pasó una moto. Sobre ella se distinguía vagamente a un joven vestido de manera más elegante que la mayoría de los habitantes de Saint-Fiacre.

—¿Quién es ese?

—¿No lo ha visto usted esta mañana? Es Émile Gautier, el hijo del administrador.

—¿Adónde va?

—A Moulins, sin duda. Es un muchacho educado. Trabaja en un banco.

Se veían grupos de personas que salían de sus casas, que paseaban por el camino o se dirigían al cementerio.

Cosa extraña. Maigret tenía sueño. Se sentía tan cansado como si hubiera hecho un esfuerzo excepcional. Y no era por haberse levantado a las cinco de la mañana, ni por haber cogido frío.

Era el ambiente, que lo oprimía. Se sentía afectado personalmente por la tragedia, asqueado.

Sí, asqueado, esa era la palabra. Jamás había imaginado que tendría que volver a su pueblo en aquellas circunstancias. Llegar a la tumba de su padre, cuya lápida estaba ennegrecida, que un desconocido se le acercara para prohibirle fumar. Frente a él, Jean Métayer continuaba alerta. Se sabía observado y hacía esfuerzos por permanecer en calma y por esbozar una sonrisa de menosprecio.

—¿Una copita? —le preguntó también a él Marie Tatin.

—Gracias, no bebo nunca.

Era una persona bien educada y quería demostrarlo en

toda circunstancia. En la posada comía con los mismos gestos afectados que en el castillo. Terminada la comida, preguntó:

—¿Tiene usted teléfono?

—No, pero ahí enfrente hay una cabina.

Jean atravesó la calle y entró en la tienda de ultramarinos atendida por el sacristán, donde estaba instalada la cabina telefónica. Debió de pedir una comunicación lejana, porque se lo vio esperar mucho tiempo, fumando cigarrillo tras cigarrillo.

Cuando regresó, los campesinos se habían marchado ya. Marie Tatin fregaba los vasos en previsión de nuevos clientes.

—¿A quién ha telefoneado usted? —le preguntó Maigret—. Tenga en cuenta que puedo saberlo con solo acercarme al aparato...

—A mi padre, a Bourges. —La voz de Jean era seca, agresiva—. Le he pedido que me mande de inmediato un abogado.

Su actitud hacía pensar en un ridículo perrillo que enseña los dientes antes de que nadie haya hecho ademán de tocarlo.

—¿Tiene acaso motivos para estar inquieto?

—Le agradecería que no volviera a dirigirme la palabra hasta que mi abogado haya llegado. Crea usted que siento que no haya más que una posada en el pueblo.

¿Oyó las palabras que masculló el comisario mientras se alejaba?

—Cretino, pequeño cretino miserable.

Marie Tatin, sin saber por qué, tenía miedo de quedarse a solas con él.

El día iba a estar marcado hasta el fin por el desorden, la indecisión, sin duda porque nadie se sentía con fuerzas para llevar el rumbo de los acontecimientos.

Maigret, embutido en su pesado abrigo, deambulaba por el pueblo. Tan pronto se lo veía en la plaza de la iglesia como en los alrededores del castillo, cuyas ventanas iban encendiéndose una tras otra.

Pues la noche caía deprisa. La iglesia, iluminada, vibraba con el sonido del órgano. El campanero ya estaba cerrando la verja del cementerio.

Grupos apenas visibles se interrogaban unos a otros. No se sabía si sería conveniente acercarse al cabecero de la muerta. Dos hombres, los primeros en decidirse, se aproximaron al castillo, donde fueron recibidos por el mayordomo, que también ignoraba lo que debía hacerse. No había preparada ninguna bandeja para las tarjetas. Fue en busca de Maurice de Saint-Fiacre para recibir órdenes, y la rusa le respondió que el conde había salido a tomar el aire. Estaba acostada con el vestido puesto y fumaba sin cesar cigarrillos con boquilla de cartón. Entonces el criado dejó entrar a la gente esbozando un gesto de indiferencia.

Aquella fue la señal. A la salida de vísperas, había ya conciliábulos.

—¡Cómo! ¡El padre Martin y el joven Bonet ya han ido!

Todo el mundo se dirigió allá en procesión. El castillo estaba mal alumbrado. Los campesinos recorrían el pasillo y sus siluetas iban recortándose una a una tras cada ventana.

Llevaban a los niños de la mano y los sacudían para que no hicieran ruido. ¡La escalera! ¡El corredor del primer piso! Y, por último, la habitación de la condesa, donde todos entraban por primera vez.

Allí solo estaba la doncella, que asistía con horror a la invasión. La gente se hacía la señal de la cruz con la rama de boj mojada en agua bendita. Los más audaces murmuraban a media voz:

—Parece que está dormida.

Y los otros repetían como un eco:

—No ha sufrido.

Después, los pasos resonaban sobre el parquet desunido. Los peldaños de la escalera rechinaban. Se oía decir:

—¡Chis! Agárrate bien a la balaustrada.

La cocinera, desde la cocina situada en el sótano, solo veía las piernas de los que pasan.

Maurice de Saint-Fiacre volvió justo cuando la casa estaba invadida. Miraba a los campesinos con ojos asombrados. Los visitantes se acercaban con intención de hablarle, pero él se contentó con saludarlos con un gesto de la cabeza y entró en la habitación de Marie Vassiliev, donde se le oyó hablar en inglés.

Mientras tanto, Maigret se encontraba en la iglesia. El pertiguero, con el apagavelas en la mano, iba de cirio en cirio. El sacerdote estaba guardando sus vestiduras en la sacristía.

A derecha e izquierda se hallaban los confesionarios con sus cortinillas verdes destinadas a ocultar a los penitentes de las miradas indiscretas. Maigret recordó cuando su rostro no alcanzaba a quedar oculto tras la cortinilla.

Tras él, el campanero, al que no lo había visto, cerraba las pesadas puertas y corría los cerrojos.

De pronto, Maigret cruzó la nave y entró en la sacristía, donde el cura se asombró de verlo aparecer.

—Perdone, señor cura. Antes de nada, quisiera hacerle una pregunta.

Ante él, la cara del sacerdote aparecía grave, pero Maigret creyó percibir en sus ojos un brillo febril.

—Esta mañana ha ocurrido un suceso extraño. El devocionario de la condesa, que se encontraba sobre su reclinatorio, desapareció de pronto y se halló escondido debajo de la sobrepelliz del monaguillo, en esta misma estancia.

Silencio. El eco de los pasos del sacristán sobre la alfombra de la iglesia y los pasos más pesados del campanero, que se marchaba por una puerta lateral.

—Solamente cuatro personas han podido. Le ruego que me perdone... El monaguillo, el sacristán, el campanero y...

—Y yo.

Su tono era tranquilo. Su rostro estaba iluminado solo por un lado por la luz tenue de una vela. De un incensario se escapaba un hilillo de humo azul que se elevaba hacia el techo formando espirales.

—¿Fue...?

—Fui yo quien cogió el devocionario y lo puso aquí a la espera de...

El relicario, las vinajeras y la campanilla de dos sonidos estaban en su lugar, como en los tiempos en que el pequeño Maigret era monaguillo.

—¿Sabía usted lo que contenía el libro?

—No.

—En ese caso...

—Me veo obligado a pedirle que no me haga más preguntas, señor Maigret. Es secreto de confesión.

Por una involuntaria asociación de ideas, el comisario se acordó de las clases de catecismo celebradas en el comedor de la rectoría. Y de la imagen que se formó en su espíritu cuando el viejo cura relató la historia de un sacerdote medieval que se había dejado arrancar la lengua antes que traicionar el secreto de confesión. Ahora la tenía ante sus ojos tal como apareciera en su imaginación hacía treinta y cinco años.

—Usted sabe quién es el asesino —murmuró.

—Eso lo sabe Dios. Perdóneme, debo ir a ver a un enfermo.

Salieron atravesando el jardín de la rectoría, que estaba separado de la calle por una pequeña verja. La gente, a lo lejos, salía del castillo formando grupos para comentar los acontecimientos.

—Usted cree, señor cura, que su lugar no es...

Pero antes de que terminase de decirlo, se encontraron con el doctor, que murmuró entre dientes:

—¡Qué me dice, señor cura! ¿No cree que esto terminará por parecer una feria? Es necesario que vaya alguien a poner orden en el castillo, aunque solo sea para salvaguardar la moral de los campesinos. ¡Ah! Está usted aquí, comisario. Pues bien, debe alegrarse. A estas horas, medio pueblo acusa al joven conde de... Sobre todo, después de la llegada de esa mujer. El administrador va a visitar a los granjeros para ver si es posible reunir los cuarenta mil francos que, según parece, son necesarios para...

—¡Carajo!

Maigret se alejó. Sentía una opresión en el pecho. ¿Cómo era posible que lo acusaran de ser la causa de aquel desorden? ¿Cuál era la torpeza que había cometido? ¿Qué había hecho? ¡Él, que hubiera dado cualquier cosa por ver discurrir los acontecimientos dentro de una atmósfera de dignidad!

Se dirigió a zancadas hacia la posada, que estaba medio llena, y al entrar pudo escuchar un fragmento de conversación:

—Parece que si no los encuentra, nadie podrá librarle de la prisión.

Marie Tatin era la imagen de la desolación. Iba y venía de un lado para otro con movimientos de vieja, a pesar de que no tenía más de cuarenta años.

—¿Es para usted la limonada? ¿Quién es el que ha pedido las cervezas?

Jean Métayer, en su rincón, estaba escribiendo y, de vez en cuando, levantaba la cabeza para escuchar las conversaciones. Maigret, aunque se encontraba cerca de él, no podía leer lo que escribía, porque su letra era endiablada. Se dio cuenta, sin embargo, de que los renglones estaban ordenados y de que cada uno iba precedido de un número:

1.° ....
2.° ....
3.° ....

¡El secretario estaba preparando su defensa en espera de su abogado!

Una mujer, a dos metros de allí, dijo:

—Ni siquiera tenían paños apropiados, y han tenido que pedírselos a la mujer del administrador.

Jean Métayer, pálido, con aspecto cansado pero con la mirada decidida, escribía:

4.º ....

5

El segundo día

Maigret durmió aquella noche con ese sueño agitado y a la vez voluptuoso que solo se tiene en el campo, en una habitación fría que huele a establo, a manzanas de invierno y a heno. A su alrededor, por todas partes soplaban las corrientes de aire, y las sábanas estaban heladas salvo en el lugar exacto que había calentado con su cuerpo, formando un hueco íntimo y acogedor en el que se acurrucaba sin atreverse a hacer ningún movimiento.

De cuando en cuando oía la tos seca de Jean Métayer en la buhardilla contigua. Más tarde oyó los pasos furtivos de Marie Tatin al levantarse.

Permaneció unos minutos más en la cama. Tras encender la vela, le faltó coraje para afeitarse con el agua glacial de la jarra, por lo que dejó esa tarea para más tarde y salió de su habitación en zapatillas y sin cuello de camisa.

Abajo, Marie Tatin intentaba reanimar con petróleo un fuego que no quería arder. Llevaba el cabello recogido en dos moños y enrojeció al ver aparecer al comisario.

—No son todavía las siete. El café no está hecho aún.

Maigret sentía una leve inquietud. Media hora antes de

levantarse, estando aún medio dormido, había creído oír pasar un automóvil. Saint-Fiacre no estaba junto la carretera y el autobús de línea hacía un solo viaje al día.

—¿Ha salido ya el autobús, Marie? —preguntó.

—No sale nunca ni antes de las ocho y media ni más tarde de las nueve.

—¿Han tocado ya a misa?

—Sí. En invierno tocan a las siete, en verano a las seis. Si quiere calentarse un poco...

Le indicaba el fuego, que por fin ardía.

—¿No te decides a tutearme?

Maigret creyó sorprender una sonrisa de coquetería en el rostro de la pobre mujer.

—El café estará dentro de cinco minutos.

No amanecería antes de las ocho. El frío era aún más intenso que la víspera. Maigret, con el cuello del abrigo subido y el sombrero calado hasta los ojos, se encaminó lentamente hacia la mancha luminosa de la iglesia.

No era día festivo. Apenas había tres mujeres en la nave. La misa tenía algo de descuidado, de furtivo. El sacerdote iba de un extremo a otro del altar con desacostumbrada rapidez, y con gesto brusco se volvió, extendiendo los brazos, para murmurar, comiéndose las sílabas:

—*Dominus vobiscum!*

El monaguillo, que a duras penas había podido seguirle, dijo a destiempo su amén y se precipitó a por la campanilla.

¿Es que iba a recomenzar el pánico? Se oía el murmullo de las plegarias litúrgicas y, de cuando en cuando, una aspiración del oficiante que se detenía, agobiado, entre dos palabras:

—*Ite, missa est...*

¿Era posible que la misa hubiese durado doce minutos? Las tres mujeres se pusieron en pie mientras el sacerdote leía el último Evangelio. Un automóvil se detuvo delante de la iglesia y, poco después, se oyeron pasos vacilantes en el atrio.

Maigret estaba al fondo de la nave, de pie frente a la puerta, de modo que, cuando esta se abrió, el recién llegado se encontró cara a cara con él.

Era Maurice de Saint-Fiacre. Se quedó tan sorprendido que iba a batirse en retirada murmurando excusas, pero dio un paso adelante y se esforzó por aparentar aplomo.

—¿Ha terminado ya la misa?

Se encontraba en un evidente estado de nerviosismo. Tenía los ojos irritados, como si no hubiera dormido en toda la noche. Al abrir la puerta, el frío había entrado con él.

—¿Viene usted de Moulins?

—¿Cómo lo sabe? Sí..., yo...

—¿Quiere que salgamos?

El padre y el monaguillo acababan de entrar en la sacristía mientras el sacristán apagaba las velas que habían permanecido encendidas durante la misa.

Fuera, el horizonte estaba ahora un poco más claro. El blanco de las casas próximas se destacaba aún en la penumbra. Entre los árboles de la plaza podía verse el automóvil amarillo.

El malestar de Saint-Fiacre era evidente. Miraba a Maigret con sorpresa, asombrado quizá de verlo sin afeitar y sin cuello debajo del abrigo.

—Ha madrugado usted mucho —murmuró el comisario.

—El primer tren, que es un rápido, sale de Moulins a las siete y tres minutos.

—No comprendo. Pero no ha tomado usted el tren...

—Se olvida de Marie Vassiliev.

Era todo muy simple y natural. La presencia de la amante de Maurice era una molestia en el castillo. Por tanto, la había llevado en coche hasta Moulins y, una vez allí, la había metido en el tren de París. Cuando regresó, había pasado frente la iglesia iluminada y había querido entrar.

Pero Maigret no estaba satisfecho. Trató de seguir la mirada ansiosa del joven, que parecía esperar o temer alguna cosa.

—Ella no daba la impresión de encontrarse a gusto —insinuó el comisario.

—Ha conocido días mejores. Además, es muy susceptible. La idea de que yo desease ocultar nuestras relaciones...

—¿Que duran ya desde...?

—Poco menos de un año. Marie no es interesada. Hemos pasado momentos difíciles.

La mirada del joven acabó por fijarse en un punto. Maigret la siguió y vio a su espalda al cura, que acababa de salir de la iglesia. Tuvo la impresión de que las dos miradas se cruzaban y de que el sacerdote parecía tan aturdido como el conde de Saint-Fiacre.

Quiso ir a interpelarlo. Pero, con una prisa desgarbada, el cura dirigió un saludo breve a los dos hombres y entró en la rectoría como si huyera de ellos.

—No tiene aspecto de cura de pueblo...

Maurice no respondió. Por la ventana iluminada se veía al padre sentado frente a su desayuno. La sirvienta le trajo una cafetera humeante.

Los niños, con la cartera a la espalda, comenzaban a dirigirse a la escuela. La superficie del estanque de Nuestra Señora adquiría el tono de un espejo.

—¿Qué disposiciones ha tomado usted para...? —comenzó Maigret.

—¿Para qué? —dijo el otro, con excesiva vehemencia.

—Para el funeral. ¿Esta noche no ha velado nadie en la habitación de la difunta?

—No. Lo discutimos brevemente, pero Gautier afirmó que no era necesario.

En el patio del castillo se oía el ruido de un motor a dos tiempos. Poco después, una moto pasó por la carretera hacia Moulins. Maigret reconoció al hijo del administrador, al que había visto el día anterior. Iba vestido con un impermeable beis y llevaba la cabeza cubierta con una gorra a cuadros pequeños.

Maurice de Saint-Fiacre no sabía qué actitud adoptar. No se atrevía a subir a su coche y no tenía nada que decirle al comisario.

—¿Ha reunido Gautier los cuarenta mil francos?

—No... Sí... Es decir...

Maigret lo miró con curiosidad, sorprendido de verlo titubear.

—¿Los ha reunido o no? Ayer dio la impresión de no tener muy buena voluntad. A pesar de todo, a pesar de las hipotecas y las deudas, creo que podría llegar a totalizarse bastante más que esa suma.

Maurice no respondió. Parecía trastornado, sin que hubiera una razón aparente, y la frase que pronunció no guardaba ninguna relación con la pregunta.

—Dígame con franqueza, comisario: ¿sospecha usted de mí?

—¿Qué es lo que puedo sospechar?

—De sobra entiende lo que quiero decir. Necesito saberlo.

—No tengo ninguna razón para sospechar de usted más que de cualquier otro —respondió Maigret de manera evasiva.

Y su acompañante exclamó tras esta afirmación:

—¡Gracias! Pero hay que decirle algo a la gente. ¿Me comprende? Si no, mi posición es insostenible.

—¿En qué banco debía cobrarse su cheque?

—En el Comptoir d'Escompte.

Una mujer se dirigía hacia el lavadero empujando una carretilla con cestos de ropa. El cura, en la rectoría, paseaba de arriba abajo leyendo su breviario, pero el comisario tenía la impresión de que dirigía de cuando en cuando miradas ansiosas a los dos hombres.

—Me reuniré con usted en el castillo.

—¿Ahora?

—Sí, dentro de unos momentos.

Estaba claro: Maurice de Saint-Fiacre no las tenía todas consigo. Subió al coche como un condenado. Tras la ventana de la rectoría podía verse al cura que lo miraba partir.

Maigret quería al menos ponerse un cuello almidonado antes de ir al castillo. Al acercarse a la puerta de la posada se encontró con Jean Métayer, que salía de la tienda de ultramarinos. Llevaba únicamente el abrigo encima del pijama y, al pasar, miró al comisario con aire de triunfo.

—¿Llamada telefónica?

El joven replicó con tono seco:

—Mi abogado llegará a las ocho y cincuenta.

Ahora se sentía seguro de sí mismo. Devolvió unos huevos pasados por agua que no estaban bastante hechos y se puso a tamborilear una marcha militar sobre la mesa con la yema de los dedos.

Maigret, desde la claraboya de su habitación, a donde había subido para arreglarse, veía el patio del castillo, el coche de carreras y a Maurice de Saint-Fiacre, que parecía no saber qué hacer. ¿Se disponía quizás a volver a pie al pueblo?

El comisario se apresuró. Momentos después estaba ya de camino al castillo.

Se reencontraron a menos de cien pasos de la iglesia.

—¿Adónde iba usted? —preguntó Maigret.

—A ninguna parte. No lo sé...

—¿A rezar a la iglesia tal vez?

Estas palabras bastaron para hacer palidecer a su interlocutor, como si tuvieran un sentido misterioso y terrible...

Maurice de Saint-Fiacre no estaba abrumado por el drama. En apariencia, era un muchacho alto y fuerte, un deportista, con una magnífica salud.

Pero al mirarlo más de cerca se descubría su blandura. Bajo sus músculos, demasiado recubiertos de grasa, no había reserva de energía. Sin duda acababa de pasar una noche en vela y parecía deshinchado.

—¿Ha mandado imprimir esquelas?

—No.

—Pero... la familia..., los nobles de la región...

El joven se enfureció:

—¡No vendrán! ¡No le quepa la menor duda! Antes, sí

hubieran venido. En temporada de caza, cuando vivía mi padre, había siempre más de treinta invitados a la vez en el castillo durante dos semanas.

Maigret lo sabía mejor que nadie. De niño, antes de las cacerías, le gustaba ponerse la blusa blanca de ojeador a escondidas de sus padres.

—Y después...

Maurice esbozó un gesto que significaba: «Hundimiento, porquería...».

Sin duda se había hablado en toda la región de Berry de la vieja loca que, al final de su vida, se divertía con sus supuestos secretarios. Y también de las granjas que se vendían unas detrás de otras. Y del hijo que hacía el tonto en París.

—¿Cree usted que el entierro podrá celebrarse mañana? ¿Entiende? Más vale que esta situación dure el menor tiempo posible.

Una carreta cargada de abono pasaba despacio y sus grandes ruedas parecían moler los guijarros de la carretera. El día se había impuesto por fin, un día todavía más gris que el de la víspera, pero menos ventoso. Maigret vio de lejos a Gautier, que atravesaba el patio y parecía dirigirse hacia allí.

Y en aquel momento se le ocurrió un pensamiento extraño.

—¿Me permite? —dijo el comisario a su interlocutor, y se dirigió con rapidez hacia el castillo.

Pero apenas hubo recorrido cien metros, volvió sobre sus pasos. Maurice de Saint-Fiacre estaba en el umbral de la rectoría. Debía de haber llamado a la puerta, pero cuando se vio sorprendido se alejó con rapidez, sin esperar respuesta.

Parecía no saber adónde ir. Todos sus movimientos denotaban con claridad que se encontraba terriblemente afectado. El comisario llegó a la altura del administrador, que lo había visto venir y lo esperaba con aire arrogante.

—¿Qué desea usted?

—Un simple informe. ¿Ha reunido los cuarenta mil francos que necesitaba el conde?

—No. Y desafío a cualquiera a reunirlos en la comarca. Todo el mundo sabe lo poco que vale su firma.

—¿Qué se puede hacer entonces?

—Que se las arregle como pueda. Eso no es asunto mío.

Saint-Fiacre había vuelto sobre sus pasos. Se adivinaba que tenía unos deseos locos de llevar a cabo cierta gestión pero, por una u otra razón, no podía. Tomó una decisión, se dirigió hacia el castillo y se detuvo cerca de los dos hombres.

—Gautier, pásese por la biblioteca. Tengo algunas órdenes que darle. —Y, antes de continuar andando, añadió con esfuerzo—: Hasta la vista, comisario.

Cuando Maigret pasó por delante de la rectoría, tuvo la indudable sensación de que lo observaban a través de las cortinas. No podía asegurarlo con certeza, porque era ya de día y en el interior habían apagado las luces.

Había un taxi aparcado delante de la posada de Marie Tatin. En la sala, un hombre de unos cincuenta años, vestido de punta en blanco, con pantalón a rayas y chaqueta negra ribeteada de seda, estaba sentado a la mesa con Jean Métayer.

Al entrar el comisario, se levantó con un gesto súbito y se precipitó hacia él con la mano tendida.

—Me han dicho que pertenece usted a la policía judicial. Permítame que me presente. Soy el letrado Tallier, del Colegio de Abogados de Bourges. ¿Quiere tomar algo con nosotros?

Jean Métayer se había levantado, pero con su actitud demostraba que no aprobaba la cordialidad de su abogado.

—Posadera, sírvanos, por favor —dijo el abogado, y, conciliador, añadió—: ¿Qué quiere tomar? Con este frío no vendría mal grog para todos. Tres grogs, niña.

La «niña» era la pobre Marie Tatin, que no estaba acostumbrada a aquellos modales.

—Espero, comisario, que sabrá excusar a mi cliente. Según tengo entendido, se ha mostrado un poco desconfiado con usted. No olvide que se trata de un muchacho de buena familia que no tiene nada que reprocharse y al que han indignado las sospechas que ha creído percibir a su alrededor. Su mal humor de ayer, si me permite decirlo, es la mejor prueba de su absoluta inocencia.

Con aquel hombre no había necesidad de abrir la boca. Él se encargaba de todo, tanto de las preguntas como de las respuestas, acompañando unas y otras con un extenso repertorio de gestos melifluos.

—No estoy aún al corriente de los detalles. Si lo he entendido bien, la condesa de Saint-Fiacre murió ayer de un ataque al corazón durante la primera misa. Por otra parte, se ha encontrado dentro de su devocionario un papel que permite suponer que la muerte fue provocada por una emoción violenta. ¿Acaso el hijo de la víctima, que por casualidad se encuentra aquí, ha presentado alguna denuncia? ¡No! Y, por otra parte, opino que la denuncia no tendría validez legal.

Las maniobras criminales, si es que ha habido tales maniobras, no son, por sus características, del tipo de las que podrían motivar la intervención de los tribunales. Estamos perfectamente de acuerdo, ¿verdad? No hay denuncia, y, por tanto, no puede haber acción judicial. Eso no impide que yo no comprenda la investigación que ha emprendido usted de manera personal, a título oficioso. Mi cliente no puede contentarse solo con no ser perseguido; es necesario que sea librado de toda clase de sospechas. Pensemos un momento. ¿Cuál era su situación en el castillo, a fin de cuentas? La de un hijo adoptivo. La condesa, al quedarse sola, separada de un hijo que no le daba más que disgustos, se sintió reconfortada por la devoción de su secretario. Mi cliente no es un desocupado. No se contentaba con vivir sin preocupaciones, como podía haber hecho en el castillo. Ha trabajado. Ha buscado una colocación. Incluso se dedicó a estudiar inventos recientes. ¿Qué interés podría tener en la muerte de su bienhechora? ¿Es necesario que diga algo más? ¿Acaso podía reportarle algún beneficio? ¡No! ¿Verdad? Y eso es lo que yo deseo ayudarle a establecer, señor comisario. A esto hay que añadir que sería conveniente hablar con el notario. Jean Métayer es un muchacho confiado. Jamás previó que se producirían semejantes acontecimientos. Los objetos de su propiedad están en el castillo mezclados con los que pertenecían a la difunta condesa. Desde el momento en que han llegado otras personas que, sin derecho, tienen intención de meter la mano en...

—Unos cuantos pijamas y unas zapatillas viejas —refunfuñó Maigret al levantarse.

—¿Cómo?

Durante toda la conversación, Jean Métayer había estado tomando notas en un pequeño cuaderno. Ahora fue él quien calmó a su abogado, que se levantaba a su vez.

—¡Déjelo! Desde el primer momento supe que en la persona del comisario tenía a un enemigo. Hace poco me he enterado de que pertenecía indirectamente al castillo, donde nació cuando su padre era administrador de Saint-Fiacre. Ya le había advertido, letrado. Es usted quien ha querido...

El reloj marcaba las diez. Maigret calculó que el tren en que viajaba Marie Vassiliev debía de haber llegado hacía ya media hora a la estación de Lyon.

—Perdónenme —dijo—. Ya nos veremos a su debido tiempo.

—Pero...

Maigret entró en la tienda de ultramarinos, cuya campanilla sonó al abrir la puerta. Esperó casi un cuarto de hora la comunicación con París.

—¿Es cierto que es usted hijo del antiguo administrador?

Maigret se encontraba más cansado que si hubiera hecho diez investigaciones normales. Sentía un verdadero agotamiento, físico y moral a la vez.

—Aquí París.

—¿Oiga? ¿El Comptoir d'Escompte? Le llamo de la policía judicial. Una pregunta, por favor..., ¿han presentado esta mañana un cheque firmado por Saint-Fiacre? ¿Dice que a las nueve...? Entonces sin duda no lo han pagado... ¿Oiga...? No corte, señorita. ¿Le ha pedido al portador que lo presente por segunda vez...? Muy bien. ¡Ah, eso es lo que quería saber! Una joven, ¿verdad? ¿Hace un cuarto de hora...? ¿Ha depositado los cuarenta mil francos...? Le doy las gracias. De acuerdo. Pagado... No, no, nada de particular. Si el pago está hecho....

Maigret salió de la cabina dando un gran suspiro de alivio.

Maurice de Saint-Fiacre, en el transcurso de la noche, había reunido los cuarenta mil francos y había enviado a su amante a París para que los ingresase en el banco.

En el momento en que Maigret abandonaba la tienda, vio al cura, que salía de la rectoría con el breviario en la mano y se dirigía hacia el castillo.

Apretó el paso y casi corrió para llegar a la puerta al mismo tiempo que el sacerdote.

Llegó menos de un minuto después pero, en el momento en que entraba en el patio de honor, la puerta ya se había cerrado tras el cura.

Cuando llamó, se oyeron pasos al fondo del corredor, del lado de la biblioteca.

6

Los dos frentes

—Voy a ver si el señor conde puede...

Pero el comisario no le dio tiempo al mayordomo de terminar la frase. Entró en el corredor y se dirigió a la biblioteca mientras el criado dejaba escapar un suspiro de resignación. No había encontrado la manera de salvar las apariencias. La gente entraba como en un molino. ¡Era una debacle!

Antes de abrir la puerta de la biblioteca, Maigret se detuvo un momento, pero fue en vano, pues no advirtió ningún ruido. Fue eso mismo lo que dio a su entrada un carácter impresionante.

Llamó a la puerta pensando que quizá el cura estaba en otro lugar. Pero de inmediato se elevó una voz, muy nítida, muy firme, en el silencio total de la habitación:

—Adelante.

Maigret empujó la puerta y se detuvo por casualidad junto a uno de los respiraderos de la estufa. En pie, ligeramente apoyado sobre la mesa gótica, el conde de Saint-Fiacre lo miraba con sorpresa.

A su lado, en pie sobre la alfombra, el cura guardaba una

inmovilidad rigurosa, como si el menor movimiento pudiera traicionarlo.

¿Qué hacían allí el uno y el otro, sin hablar, sin moverse? El comisario estaba menos turbado por interrumpir una escena patética que por haber caído en aquel silencio tan profundo, en el que la voz parecía trazar círculos concéntricos como un piedra en el agua.

Una vez más, Maigret sintió la fatiga de Saint-Fiacre. En cuanto al cura, estaba aterrorizado y sus dedos se agitaban sobre el breviario.

—Perdonen que los moleste.

Aquello sonó igual que una ironía, aunque no fue voluntaria. ¿Cómo molestar a dos personas tan inertes como objetos?

—Tengo noticias del banco...

La mirada del conde se posó sobre el cura, y fue una mirada dura, casi furiosa.

Toda la escena seguía desarrollándose al mismo ritmo. Se diría que eran dos jugadores de ajedrez reflexionando, con la cabeza entre las manos, antes de avanzar un peón para volver a caer de inmediato en la inmovilidad.

Pero no era la reflexión lo que los inmovilizaba de aquella manera. Maigret estaba convencido de que era miedo a un falso movimiento, a una maniobra torpe. Entre los tres se había creado un equívoco, y cada uno avanzaba su peón a regañadientes, dispuesto a retirarlo de nuevo si era necesario.

—He venido a recibir instrucciones para las exequias —sintió la necesidad de decir el padre.

Aquello no era verdad. Un peón mal colocado. Tan mal colocado, que el conde de Saint-Fiacre sonrió.

—Yo ya había previsto que llamaría al banco. Le voy a decir la razón por la que me he decidido a dar ese paso. Lo hice para desembarazarme de Marie Vassiliev, que no quería marcharse del castillo. Tuve que hacerle creer que era absolutamente imprescindible ingresar el dinero en el banco.

Maigret advertía ahora en los ojos del padre una mirada de angustia, de desaprobación.

«¡Este desgraciado! —debía de pensar—. ¡Ha picado! Ha caído en la trampa. Está perdido...».

Silencio. El chasquido de una cerilla y bocanadas de humo que exhalaba el comisario, una a una, mientras preguntaba:

—¿Reunió Gautier el dinero?

Hubo un momento de vacilación, muy breve.

—No, comisario. Voy a explicarle...

El drama no se representaba ahora en el rostro de Saint-Fiacre, sino en el del cura. Estaba pálido, sus labios componían un rictus amargo, se veía claramente que hacía esfuerzos para no intervenir.

—Escúcheme un momento, señor...

Ya no podía más.

—¿Le importaría interrumpir esta conversación hasta que nosotros hayamos hablado a solas?

La misma sonrisa de hacía un momento en los labios de Maurice. Hacía frío en aquella habitación demasiado grande, en la que faltaban los más bellos libros de la biblioteca. El fuego estaba preparado en la chimenea, bastaba aproximarle una cerilla encendida.

—¿Tiene usted una cerilla?

Y mientras se inclinaba sobre la chimenea, el cura le lanzó a Maigret una mirada angustiosa, suplicante.

—Ahora —dijo el conde, dirigiéndose a los dos— voy a intentar aclarar la situación en pocas palabras. Por una razón que ignoro, el señor cura, lleno de buenas intenciones, está convencido de que he sido yo quien..., pero ¿por qué tener miedo a las palabras?..., quien ha matado a mi madre. Lo cual constituye un crimen, ¿no es cierto?, aunque no caiga del todo bajo el alcance de la ley.

El cura permanecía inmóvil, con esa inmovilidad temblorosa del animal que adivina a su alrededor un peligro al que no puede hacer frente.

—El señor cura debía de ser muy amigo de mi madre... Sin duda ha querido evitar que el escándalo caiga sobre el castillo. Ayer por la tarde me envió por medio del sacristán cuarenta billetes de mil francos, acompañados de una pequeña nota...

La mirada del sacerdote decía, sin ninguna duda: «¡Desgraciado! ¡Tú mismo te estás perdiendo!».

—Aquí está la nota —dijo Saint-Fiacre.

Maigret leyó a media voz: «Sea prudente. Rezo por usted».

¡Uf! Aquello tuvo el efecto de una bocanada de aire fresco. De repente, Maurice de Saint-Fiacre ya no se sentía clavado al suelo, condenado a la inmovilidad. De pronto había perdido aquella gravedad que tan mal cuadraba con su temperamento.

Empezó a ir y venir, con la voz más ligera.

—He aquí, comisario, la razón por la que me ha visto usted rondar esta mañana en torno de la iglesia y de la rectoría. He aceptado los cuarenta mil francos, que por supuesto hay que considerar un préstamo, en primer lugar, como ya le he dicho, para alejar a mi amante. Perdóneme, señor cura. En segundo lugar, porque sería particularmente molesto verme arrestado en estas circunstancias. Pero estamos todos en pie, como si... Siéntense, se lo ruego.

Fue a abrir la puerta y se oyó un rumor en el piso de abajo.

—El desfile comienza de nuevo —murmuró—. Creo que será necesario telefonear a Moulins para instalar una capilla ardiente. —Y continuó casi sin transición—: Supongo que entenderán las cosas ahora. Aceptado el dinero, solo me quedaba jurarle al señor cura que soy inocente. Me resultaba difícil hacerlo delante de usted, comisario, sin acrecentar aún más sus sospechas. ¡Eso es todo! Como si hubiera usted adivinado mis pensamientos, esta mañana no me ha dejado usted ni un instante solo en los alrededores de la iglesia. Después, el señor cura se ha presentado aquí, todavía no sé para qué, porque en el momento en que ha entrado usted estaba yo precisamente deseando saber si se iba a decidir a hablar o no. —La mirada se le ensombreció. Para disipar el rencor que le había asaltado, se echó a reír, con una risa penosa—: Es sencillo, ¿no le parece? Un hombre que lleva una vida descarriada, que firma cheques sin fondos... ¡El viejo Gautier me evita! Él también debe de estar convencido de que... —De repente miró hacia el sacerdote con un gesto de sorpresa—. Pero, señor cura, ¿qué le pasa?

El padre, en efecto, tenía un aspecto lúgubre. Sus ojos

trataban de evitar los del joven e intentaba también no coincidir con los de Maigret.

Maurice de Saint-Fiacre comprendió y exclamó con mayor angustia aún:

—¡Ya ve! Aún no me cree... Justo quien ha contribuido a salvarme es quien está convencido de mi culpabilidad. —Abrió la puerta una vez más y, olvidando la presencia de la muerta en la casa, gritó—: ¡Albert! ¡Albert! ¡Date prisa, demonios! Tráenos pronto algo de beber.

El mayordomo entró y se dirigió a un armarito, de donde sacó una botella de whisky y unos vasos. Todos callaron. Lo miraron hacer. Maurice de Saint-Fiacre comentó con una sonrisa extraña:

—En mis tiempos no había whisky en el castillo.

—Es el señor Jean quien...

—¡Ah...!

Bebió un buen trago y una vez hubo salido el criado cerró la puerta con llave.

—Como esta, han cambiado muchas cosas —masculló para sí.

Pero no perdía de vista al cura, y este, cada vez de peor ánimo, balbuceó:

—Perdónenme, tengo que ir a dar el catequismo.

—¡Un momento! Usted sigue estando seguro de que soy culpable, señor cura.. No, no lo niegue. Los sacerdotes no saben mentir. Pero hay ciertos puntos que me gustaría aclarar. Usted no me conoce ni ha conocido al Saint-Fiacre de mis tiempos. Solo ha oído hablar de mí. Indicios materiales no hay ninguno. El comisario, que asistió a la tragedia, algo sabrá.

—Le ruego... —balbuceó el cura.

—¡No! ¿No bebe usted? A su salud, comisario.

Su mirada era sombría. Insistía con ferocidad en su idea.

—Hay un montón de personas de las que se podría sospechar. Pero usted solo sospecha de mí. Y yo me estaba preguntando por qué. Anoche eso no me dejó dormir. He pensado en todas las razones posibles y por fin creo haber encontrado la explicación. ¿Qué es lo que le dijo mi madre?

Esta vez, el sacerdote se puso completamente pálido.

—Yo no sé nada —balbuceó.

—Se lo ruego, señor cura. Usted me ha ayudado. ¡De acuerdo! Me ha proporcionado cuarenta mil francos, que me darán tiempo de respirar y de enterrar con decencia a mi madre. Le doy las gracias de todo corazón. Pero, al mismo tiempo, ha hecho recaer sobre mí sus sospechas. Usted reza por mí... Eso o bien es demasiado..., o bien no es suficiente... —Su tono comenzaba a empañarse de cólera y de amenaza—. Yo pensaba tener esta conversación con usted sin que el comisario estuviera presente. Pues bien: ahora casi prefiero que se encuentre aquí. He reflexionado mucho y en este momento hay algo que me inquieta.

—Le ruego, señor conde, que no me atormente por más tiempo.

—Por mi parte, señor cura, le prevengo que no saldrá de aquí sin haberme dicho la verdad.

Parecía otro hombre. Daba la sensación de estar decidido a todo y, como suele ocurrir con las personas débiles y apacibles, al excitarse adoptaba una cólera exagerada.

El eco de su voz debía de oírse desde la cámara mortuoria, situada justo encima de la biblioteca.

—Usted se relacionaba de manera continua con mi madre. Supongo que Jean Métayer era también un asiduo asistente a su iglesia... ¿Quién de los dos le dijo algo? Mi madre, ¿verdad?

Maigret se acordó de las palabras que había oído la víspera: «El secreto de confesión...».

Comprendió la tortura del cura, su angustia, su mirada de mártir, bajo el torrente de palabras de Saint-Fiacre.

—¿Qué es lo que pudo decirle? Yo la conocía bien, ¡vaya que sí! Asistí, por decirlo así, al comienzo de su desliz. Estamos entre personas que no ignoran nada de la vida... —Miraba alrededor con sorda cólera—. Hubo un tiempo en que nadie se atrevía a entrar en esta habitación sin contener el aliento, porque mi padre, el *señor,* trabajaba aquí... Entonces no había whisky en los armarios, pero las estanterías estaban llenas de libros como las celdillas de un panal están llenas de miel.

Maigret se acordaba también. «El conde está trabajando...». Esas palabras eran suficientes para hacer esperar a los granjeros durante dos horas en la antecámara. «El conde me ha convocado en la biblioteca...».

Y en esas ocasiones el padre de Maigret solía preocuparse, porque indicaban acontecimientos importantes.

—Él no malgastaba la leña, se contentaba con una estufa de petróleo que se colocaba muy cerca —dijo Maurice de Saint-Fiacre, y se dirigió al cura—: Usted no ha conocido eso. Solo ha visto el castillo en desorden. Mi madre, que había perdido a su marido... Mi madre, cuyo hijo único hacía tonterías en París y que solo venía aquí para pedir dinero... Y, después, los secretarios...

Sus pupilas estaban tan brillantes, que Maigret esperaba ver brotar una lágrima.

—¿Qué es lo que le dijo? Sentía miedo de verme llegar, ¿no es así? Ella sabía que tendría que tapar algún agujero, alguna cosa que vender para salvarme el pellejo una vez más.

—Debería usted calmarse —dijo el cura con voz apagada.

—No sin antes saber si usted sospechó de mí sin conocerme, desde el primer instante.

Maigret intervino:

—El señor cura hizo desaparecer el devocionario —dijo lentamente.

Ya había comprendido, y le tendió un cable a Saint-Fiacre. Se imaginaba a la condesa dividida entre el pecado y los remordimientos. ¿No temía el castigo? ¿No se sentía un poco avergonzada delante de su hijo?

Estaba inquieta, enferma... ¿Y por qué no pensar que pudo decir un día, en el secreto del confesionario: «Tengo miedo de mi hijo»?

Pues debía de sentir miedo. El dinero que le pasaba a Jean Métayer era dinero de los Saint-Fiacre, que debía volver a Maurice. ¿No volvería este algún día a pedirle cuentas? ¿No...?

Maigret se daba cuenta de que estas ideas iban apareciendo en el cerebro todavía confuso del joven. Él le ayudaba a precisarlas.

—El señor cura no puede decir nada. Tal vez la condesa le habló bajo secreto de confesión.

Aquello fue suficiente. Maurice de Saint-Fiacre interrumpió la conversación.

—Perdóneme, señor cura. Me había olvidado de la catequesis. No me lo tome en cuenta... —Giró la llave en la cerradura y abrió la puerta—. Le doy de nuevo las gracias. En cuanto..., en cuanto me sea posible le devolveré los cuarenta mil francos, pues supongo que no le pertenecen...

—Se los he pedido a la señora Ruinard, la viuda del antiguo notario.

—Gracias. Hasta la vista.

Hizo ademán de cerrar la puerta con un gesto brusco, pero se contuvo, miró a Maigret a los ojos y recalcó:

—¡Qué porquería...!

—Él solo ha querido...

—Ha querido salvarme, ya lo sé. Ha intentado evitar el escándalo. Volver a pegar, mejor o peor, los pedazos del castillo de Saint-Fiacre... ¿No es así? —Se sirvió whisky—. Pero yo solo pienso en esa pobre mujer. ¡Fíjese! Usted ha visto a Marie Vassiliev... Y a todas las otras, en París... Esas no tienen crisis de conciencia... Pero ella... Dese cuenta de que lo que ella buscaba en Jean Métayer, ante todo, era un poco de ternura. Después se precipitaba al confesionario. Debía de considerarse a sí misma un monstruo. Tenía miedo de mi venganza. Ja, ja... —¡Era una risa terrible!—. Ya me ve, indignado, atacando a mi madre por... ¡Y ese cura, que no entiende nada...! Ve la vida a través de sus textos. Cuando mi madre estaba viva, debió de intentar salvarla de sí misma. Una vez muerta mi madre, ha creído que su deber era salvarme a mí. Pero, en este momento, apuesto a que está convencido que fui yo quien...

—Y, mirando fijamente al comisario a los ojos, preguntó—: ¿Y usted?

Como Maigret no respondió, continuó con tono decidido:

—Porque hubo un crimen. Un crimen que solo un canalla de la peor especie ha podido cometer. ¡Un sucio y pequeño cobarde! ¿Es verdad que la justicia no puede hacer nada contra él? Eso he oído esta mañana... Pero le voy a decir una cosa, comisario, y le permito incluso que lo utilice contra mí. Cuando encuentre a ese pequeño canalla... ¡Ah, amigo...! Se las tendrá que ver conmigo. Y no hará falta un revólver. No, nada de armas... Solo mis manos...

El alcohol había aumentado su exaltación. Al darse cuenta, se pasó la mano por la frente, se miró al espejo y se hizo a sí mismo una mueca burlona.

—Aun así, sin la ayuda del cura me habrían puesto entre rejas antes incluso del funeral. No he estado muy amable con él... Ha dicho que fue la mujer del antiguo notario quien pagó mis deudas... ¿Quién es? No me acuerdo en absoluto de ella.

—La dama que se viste siempre de blanco... De la casa que tiene una verja con lanzas doradas, en el camino de Matignon...

Maurice de Saint-Fiacre se calmó. Su excitación no había sido más que algo pasajero. Volvió a servirse de beber y, tras un momento de vacilación, apuró el contenido de su vaso de un trago, con una mueca de asco.

—¿Oye usted?

—¿El qué?

—La gente del pueblo que desfila ahí arriba. Yo debería estar allí, vestido de luto, estrechando las manos con expresión apesadumbrada. Una vez fuera, seguramente se pondrán a hablar... —Y añadió con tono desconfiado—: Pero, veamos, si la justicia no tiene parte en este asunto, ¿por qué continúa usted en el pueblo?

—Podría haber alguna novedad...

—Y si yo descubro al culpable, ¿intentaría impedirme...?

Sus dedos crispados eran más elocuentes que las palabras.

—Le dejo —lo interrumpió Maigret—. Tengo que ir a inspeccionar el segundo frente.

—¿El segundo frente?

—Sí, la posada. A Jean Métayer y su abogado, que ha llegado esta mañana.

—¿Ha llamado a un abogado?

—Es un muchacho prevenido. Esta mañana los personajes estaban colocados así: en el castillo, usted y el cura; en la posada, el joven y su consejero.

—¿Usted cree que él ha sido capaz...?

—¿Permite que me sirva?

Y Maigret se bebió un vaso de alcohol, se enjugó los labios y cargó una nueva pipa antes de salir.

—Por supuesto, usted no sabe utilizar una linotipia, ¿verdad?

Maurice se encogió de hombros.

—Yo no sé hacer nada. Esa es precisamente mi desgracia.

—En ningún caso abandonará el pueblo sin prevenirme, ¿no es así?

Una mirada grave, profunda. Y una voz grave y profunda:

—Se lo prometo.

Maigret salió. Se disponía a descender la escalinata cuando un hombre se colocó a su lado sin que pudiera adivinar de dónde había venido.

—Perdone, comisario... Me gustaría hablar con usted un momento... He oído decir...

—¿Qué?

—Que era usted casi de la casa. Su padre era del oficio. ¿Quiere hacerme el honor de aceptar una copa?

El administrador de perilla gris lo guio a través de los patios. En su casa lo tenía todo preparado. Una botella de aguardiente con la etiqueta que anunciaba un año venerable. Unas galletas. De la cocina llegaba olor de col con tocino.

—Según he oído decir, conoció usted el castillo en mejores tiempos. Cuando yo llegué, el desorden estaba empezando. Había ya un joven en París que... Este aguardiente data de los tiempos del antiguo conde. Lo querrá sin azúcar, supongo.

Maigret fijó su atención en la mesa de leones esculpidos, cuyas fauces sujetaban unas anillas de cobre. Y una vez más sintió que se apoderaba de él un cansancio físico y moral. Cuando era un muchacho, solo se le permitía entrar en aquella habitación en zapatillas, porque el pavimento estaba encerado.

—Me encuentro en una situación delicada y quisiera pedirle un consejo. Somos una pobre gente. Usted sabe muy bien que el oficio de administrador no suele ser de los que enriquecen. Algunos sábados que no había dinero en la caja he pagado de mi bolsillo a los jornaleros. Otras veces he adelantado dinero para la compra de ganado que reclamaban los aparceros.

—En otras palabras: la condesa le debía dinero.

—La condesa no entendía de negocios. El dinero se escapaba por todos los lados. Solo cuando era para cosas indispensables no había nada que encontrar.

—Y entonces era usted el que...

—Su padre hubiera hecho lo mismo, ¿no es cierto? Hay momentos en que es necesario que los campesinos no sospechen que la caja está vacía. Yo he prestado de mis propios fondos.

—¿Cuánto?

—¿Quiere usted otra copa? No he hecho la cuenta. Por lo menos sesenta mil. Y ahora de nuevo, para el entierro, he sido yo quien...

Una imagen acudió a la mente de Maigret: el pequeño despacho de su padre, cerca de los establos, los sábados a las cinco de la tarde. Fuera esperaban todas las personas dependientes del castillo, desde las lavanderas hasta los jornaleros. Y el viejo Maigret, sentado delante de su mesa cubierta de bayeta verde, hacía pequeños montones de monedas de plata. Cada uno de los trabajadores pasaba cuando le llegaba su turno y ponía su firma o una cruz en el registro.

—Me pregunto cómo podré recuperar ese dinero. Para gente como nosotros es...

—Sí, comprendo. ¿Ha mandado usted cambiar la chimenea?

—Es que antes era de madera... El mármol queda mejor...

—Mucho mejor —dijo entre dientes Maigret.

—¿Comprende usted? Todos los acreedores nos caerán encima. Habrá que vender. Y con las hipotecas...

La butaca en la que Maigret estaba sentado era nueva

también, como la chimenea, y debía de proceder de un almacén del bulevar Barbes. Había un fonógrafo sobre el aparador.

—Si no tuviera un hijo, este asunto no me preocuparía, pero Émile tiene su carrera por delante. A pesar de todo, no quisiera verme obligado a actuar de una manera brusca...

Una muchacha cruzó el pasillo.

—¿Tiene también una hija?

—No, es una muchacha del pueblo que viene a hacer tareas domésticas.

—Bien. Volveremos a hablar de esto más adelante, señor Gautier. Perdone, pero tengo todavía muchas cosas que hacer.

—¿Una última copa?

—Gracias. Ha dicho usted alrededor de los setenta y cinco mil, ¿verdad?

Maigret salió, se metió las manos en los bolsillos, cruzó por entre una bandada de ocas y bordeó el estanque de Nuestra Señora, que ya no estaba agitado. El reloj de la iglesia dio las doce.

En la posada de Marie Tatin, Jean Métayer y su abogado estaban comiendo. Sardinas, filetes de arenque y salchichón como entremeses. Sobre la mesa vecina se hallaban los vasos en los que habían bebido los aperitivos.

Los dos hombres estaban alegres. Recibieron a Maigret con miradas irónicas. Le guiñaban los ojos. La servilleta del abogado estaba plegada.

—¿Ha encontrado al menos trufas para los pollos? —decía este.

¡Pobre Marie Tatin! Había encontrado solo una pequeña lata en la tienda, pero no había conseguido abrirla. No se atrevía a confesarlo.

—Sí, las he encontrado, señor.

—Entonces, ¡dese prisa! El aire del campo abre terriblemente el apetito.

Fue Maigret quien se encaminó a la cocina y quien, con su cuchillo, abrió la lata mientras la mujer bizca balbuceaba en voz baja:

—Qué vergüenza... Yo...

—Calle, mujer —refunfuñó Maigret.

Un frente... Dos frentes... ¿Tres frentes?

Sintió la necesidad de bromear para escapar de la realidad.

—A propósito, el cura me ha encargado que le transmita trescientos días de indulgencia. Para que pueda compensar sus pecados.

Y Marie Tatin, que no comprendió la broma, miró a su enorme interlocutor con una extraña mezcla de miedo y de respetuoso afecto.

7

La cita de Moulins

Maigret había telefoneado a Moulins para que le enviaran un taxi. Su sorpresa fue grande al ver llegar uno apenas diez minutos después de llamar, pero, cuando se encaminaba a la puerta, el abogado, que estaba terminando su café, intervino:

—¡Perdón! Ese es nuestro. Aunque, si quiere que le hagamos sitio...

—No, gracias.

Jean Métayer y su abogado partieron los primeros, en un enorme cacharro que aún lucía en las puertas el escudo de su antiguo propietario. Un cuarto de hora más tarde, Maigret se encontraba también en camino, charlando con el chófer y mirando el paisaje con aire distraído.

El panorama era monótono: dos filas de álamos a lo largo de la carretera; tierras de labor hasta donde alcanzaba la vista; de cuando en cuando, un cuadrado de bosquecillo, el ojo glauco de un estanque.

La mayoría de las casas no eran más que casuchas. Eso era lógico, pues allí no existían los pequeños propietarios. Solo grandes latifundios, uno solo de los cuales, el del duque de T..., englobaba tres pueblos enteros.

Al patrimonio de los Saint-Fiacre habían pertenecido más de dos mil hectáreas antes de que comenzasen las ventas sucesivas.

Como medio de transporte, un viejo autobús parisino, retirado del servicio y comprado por uno de los habitantes del pueblo, recorría una vez por semana el trayecto entre Saint-Fiacre y Moulins.

—¡Esto sí que es el campo de verdad! —decía el chófer del taxi—. Ahora no ve usted nada, pero en pleno invierno...

El coche bajó por la calle mayor de Moulins cuando el reloj de Saint-Pierre marcaba las dos y media. Maigret mandó parar delante del Comptoir d'Escompte y pagó la carrera. En el momento en que bajaba del coche para entrar al banco, vio salir de este a una mujer con un niño de la mano.

Con precipitación, el comisario se ocultó detrás de un escaparate para que no lo viera. La mujer era una campesina endomingada, con el sombrero en equilibrio sobre el cabello y el talle ceñido por un corsé. Avanzaba con pasos dignos, llevando al niño tras de ella, sin preocuparse por él más de lo que pudiera hacerlo por un paquete cualquiera.

Era la madre de Ernest, el chico que ayudaba en la misa en Saint-Fiacre.

La calle estaba animada. Ernest hubiera querido detenerse delante de los escaparates, pero se encontraba casi cosido a las faldas de su madre, que se inclinó sobre él para decirle algo. Como si hubiera estado decidido de antemano, entró con él en una tienda de juguetes.

Maigret no se atrevió a seguirlos. Pero muy pronto tuvo noticias de ellos por los pitidos que sonaron en el establecimiento. Probaron todos los silbatos imaginables y, finalmente, el monaguillo se decidió por un silbato de boy scout de dos sonidos.

Cuando el muchacho salió, lo llevaba colgado en bandolera, pero la madre siguió arrastrándolo de la mano, lo que impedía que usara el instrumento por la calle.

Una sucursal de banco, como todas las de provincias. Un largo mostrador de roble. Cinco empleados inclinados sobre sus mesas. Maigret se encaminó a la ventanilla, coronada por las palabras CUENTAS CORRIENTES, y un empleado se levantó para atenderle.

Maigret quería informarse del estado exacto de la fortuna de los Saint-Fiacre, y sobre todo de las operaciones de las últimas semanas, incluso de los últimos días, las cuales quizá podrían darle una pista.

Sin embargo, permaneció un momento sin decir nada, observando al joven, que guardaba una actitud correcta, sin impacientarse.

—Émile Gautier, supongo.

Maigret lo había visto pasar dos veces en moto, pero no había podido distinguir sus rasgos. Lo que le hacía suponer aquello era el asombroso parecido que tenía con el administrador del castillo.

No tanto un parecido de detalles como un parecido de estirpe. Ambos tenían rasgos definidos y una constitución gruesa.

El mismo grado de evolución, o casi, que se traducía en una piel más cuidada que la de los campesinos, en una

mirada inteligente, en una seguridad de hombre «ins-
truido».

Pero Émile no era todavía un chico de ciudad. Su cabello, aunque brillante de pomada, se alzaba rebelde formando un remolino en lo alto de la cabeza. Sus mejillas estaban
sonrosadas, con ese aspecto bien lavado que suelen tener los
petimetres del pueblo el domingo por la mañana.

—Sí.

No parecía turbado. Maigret estaba seguro de encontrarse delante de un empleado modelo, en el que el director
pondría sin duda toda su confianza, y que ascendería rápi-
damente en su carrera.

Un traje negro hecho con cuidado, pero por un sastre del
pueblo, con tela duradera. Su padre llevaba aún cuellos de
celuloide. Él los llevaba ya blandos, pero la corbata todavía
estaba anudada de forma rígida.

—¿Me reconoce usted?

—No, pero me imagino que será usted el policía.

—Me gustaría obtener información sobre el estado de la
cuenta de Saint-Fiacre.

—Eso es fácil. Yo mismo estoy encargado de esa cuenta,
así como de las demás.

Era atento, bien educado. Seguro que en la escuela era el
favorito de sus maestros.

—Pásame la cuenta de Saint-Fiacre —le dijo a un empleado que estaba sentado cerca. Y recorrió con la mirada
una larga hoja amarilla—. ¿Lo que quiere usted es una reca-
pitulación, el montante del saldo o los datos generales?

Por lo menos, hablaba con precisión.

—¿Son buenos los datos generales?

—Venga por aquí, por favor... Podrían oírnos...

Los dos se dirigieron al fondo de la estancia, aún separados por el mostrador de roble.

—Supongo que mi padre ya le ha dicho que la condesa era muy descuidada. Todo el tiempo tenía yo que bloquear cheques que no tenían fondos. Por supuesto, ella lo ignoraba. La condesa firmaba cheques sin preocuparse por el estado de su cuenta. Después, cuando yo la telefoneaba para ponerla al corriente, perdía los nervios. Esta misma mañana se han presentado tres cheques que no he tenido más remedio que devolver. Tengo órdenes de no pagar nada antes de...

—¿La ruina es completa?

—Hablando de manera estricta, no. De las cinco granjas, tres se han vendido, y las otras dos están hipotecadas, así como el castillo... La condesa tenía en París una casa cuyo alquiler le proporcionaba una pequeña renta. Pero cuando tenía que girar a su hijo cuarenta o cincuenta mil francos de una vez, todo se desequilibraba. Yo he hecho siempre lo que he podido. Presenté los títulos dos o tres veces. Mi padre...

—Adelantó dinero, lo sé.

—Eso es todo lo que puedo decirle. En el momento actual el saldo a favor es exactamente de setecientos setenta y cinco francos. Tenga en cuenta, además, que aún no se han pagado los impuestos del año pasado y que el alguacil hizo ya la semana pasada una primera amonestación.

—¿Está Jean Métayer al corriente de esto?

—Del todo. E incluso un poco más que al corriente.

—¿Qué quiere decir con eso?

—Nada.

—No creerá usted que él vive en la luna.

Pero Émile Gautier, discreto, eludió la respuesta

—¿Es eso todo lo que quería saber usted?

—¿Hay otros vecinos de Saint-Fiacre que tengan cuenta en este banco?

—No.

—¿No ha venido nadie esta mañana para hacer una operación? ¿A cobrar un cheque, por ejemplo?

—Nadie.

—¿Ha estado usted todo el tiempo en la ventanilla?

—No me he apartado de ella en toda la mañana.

Seguía hablando de manera reposada, sin turbarse. Era un buen empleado que sabía responder como es debido a un representante oficial.

—¿Desea usted ver al director? Aunque creo que él no podrá añadir nada a lo que yo le he dicho.

Estaban encendiendo las farolas. El trasiego en la calle mayor era casi el de una gran ciudad y, delante de los cafés, había largas filas de vehículos.

Pasó un cortejo: dos camellos y un elefante joven que llevaban pancartas publicitarias de un circo instalado en la plaza de la Victoria.

En una tienda de ultramarinos, Maigret vio a la madre del monaguillo, al que todavía llevaba cogido de la mano, comprando unas conservas. Un poco más lejos casi tropezó con Métayer y su abogado, que caminaban discutiendo con aspecto de negociantes. El abogado iba diciendo:

—... están obligados a bloquear...

No vieron al comisario y continuaron en dirección hacia el Comptoir d'Escompte.

Era inevitable encontrarse diez veces al día en una ciudad en la que una calle de quinientos metros engloba toda la actividad mercantil.

Maigret fue a la imprenta del *Journal de Moulins*. Las oficinas estaban enfrente: ventanas modernas hechas de hormigón, con una abundante muestra de fotografías de prensa y las últimas noticias escritas a mano, en lápiz azul, sobre largas tiras de papel.

«Manchuria. La Agencia Havas comunica que...».

Para llegar a la imprenta había que atravesar un callejón oscuro. El estrépito de la rotativa servía de guía. En un taller desolado, dos hombres en blusa trabajaban delante de unas altas mesas de mármol. Al fondo, en una especie de jaula encristalada, estaban las dos linotipias con su tactac de metralleta.

—¿El jefe de taller, por favor...?

Era necesario gritar a causa del estruendo de las máquinas. El olor a tinta se agarraba a la garganta. Un hombre de baja estatura con una blusa azul, que estaba colocando las líneas de composición en un molde, se llevó la mano a modo de corneta a la oreja.

—¿Es usted el jefe del taller?

—Soy el cajista ajustador.

Maigret sacó de su cartera el texto que había causado la muerte a la condesa de Saint-Fiacre. El hombre ajustó sus gafas de montura de acero y miró al inspector como preguntando qué es lo que quería decir.

—¿Esto se ha impreso aquí?

—¿Cómo?

Pasaban corriendo personas que llevaban paquetes de periódicos.

—Le preguntaba si este texto ha sido impreso aquí.

—Venga conmigo.

En el patio se estaba mejor. Hacía frío, pero al menos se podía hablar con voz casi normal.

—¿Qué es lo que me preguntaba?

—¿Reconoce estos caracteres?

—Son Cheltenham, cuerpo nueve.

—¿De esta imprenta?

—Casi todas las linotipias están equipadas con Cheltenham.

—¿Hay otras linotipias en Moulins?

—En Moulins no... Pero en Bourges, en Chateauroux, en Autun, en...

—¿No tiene nada de especial este documento?

—Ha sido impreso con tablilla. Se ha querido hacer creer que estaba cortado de un periódico, ¿verdad? Una vez me pidieron algo así. Para una broma.

—¡Ah!

—Hace quince años o más, en los tiempos en que aún componíamos el periódico a mano.

—¿Y el papel no puede darle alguna pista?

—Casi todos los diarios de provincias se abastecen del mismo sitio. Es papel alemán. Perdone, pero tengo que terminar de ajustar el molde... Es para la edición de Nièvre.

—¿Conoce usted a Jean Métayer? ¿Qué piensa de él?

El hombre se encogió de hombros.

—Si hubiera que creerle, él conoce el oficio mejor que

nosotros. Es un poco fanfarrón. Le dejamos enredar en el taller por la condesa, que es amiga del patrón.

—¿Y él sabe utilizar una linotipia?

—¡Ja! Eso que lo diga él.

—Dígame, ¿cree que ese hombre sería capaz de componer este suelto?

—Con un par de buenas horas por delante, y empezando diez veces la misma línea...

—¿Suele venir con tiempo suficiente para instalarse delante de la linotipia?

—¡Y yo qué sé! Va y viene. Nos molesta a todos con sus procedimientos de estereotipia... Pero me va a tener que disculpar... El tren no espera. Y mi molde no está terminado.

No valía la pena insistir. Maigret iba a entrar de nuevo en el taller, pero la agitación que reinaba allí le quitó las ganas. Los minutos de aquellas personas estaban contados. Todo el mundo corría. Los mozos le daban empujones al precipitarse hacia la salida.

A duras penas logró llevarse aparte a un aprendiz que estaba liando un cigarrillo.

—¿Qué se hace con las líneas de plomo cuando ya no sirven?

—Se refunden.

—¿Cada cuántos días?

—Cada dos días. Mire, la fundición está por allí, en la esquina. Cuidado, que hace calor...

Maigret salió a la calle un poco descorazonado. La noche había caído por completo. A causa del frío, el empedrado tenía un color más claro que de costumbre. Delante de una tienda de confecciones, un vendedor con catarro iba de un lado a otro y se acercaba a los que pasan.

—¿Un abrigo de invierno? Bellas telas inglesas a partir de doscientos francos. Pase, sin compromiso.

Un poco más lejos, delante del Café de Paris, dentro del cual se oía el entrechocar de bolas de billar, Maigret vio el automóvil amarillo del conde de Saint-Fiacre.

Entró, buscó al joven con la mirada y, al no encontrarlo, se sentó en un taburete. Era el café elegante. Sobre un estrado, tres músicos afinaban sus instrumentos y determinaban qué pieza correspondía tocar con ayuda de tres cartones que llevaban una cifra cada uno.

Un ruido en la cabina telefónica.

—¡Una cerveza! —pidió Maigret al mozo.

—¿Rubia o negra?

Pero el comisario intentaba escuchar la voz que sonaba en la cabina y no hizo caso al camarero. Saint-Fiacre salió y la cajera le preguntó:

—¿Cuántas comunicaciones?

—Tres.

—Con París, ¿no? Tres por ocho, veinticuatro...

El conde divisó a Maigret, se dirigió a él con naturalidad y se sentó a su lado.

—No me ha dicho que pensaba venir a Moulins. Lo hubiera traído en mi coche. Claro que es abierto, y con el tiempo que hace...

—¿Ha telefoneado usted a Marie Vassiliev?

—No... No veo por qué habría de ocultarle la verdad. Otra cerveza, camarero. O mejor, no... Algo caliente. Un grog. He telefoneado a cierto señor Wolf. Si usted no lo conoce, otros sí lo conocen en el Quai des Orfèvres. Un usurero, por llamarlo así. Acabo de intentar que...

Maigret lo miraba con curiosidad.

—¿Le ha pedido usted dinero?

—Sin importar el interés. Pero se ha negado. No me mire así. Este mediodía he pasado por el banco.

—¿A qué hora?

—Hacia las tres. El joven Métayer y su abogado salían justo en ese momento.

—¿Quería retirar dinero?

—Lo intenté... Pero no crea que quiero inspirarle piedad a usted. Hay personas que sienten cierto pudor al hablar de dinero. Yo no. ¡En fin! Después de enviar a París los cuarenta mil francos y de pagar el tren de Marie Vassiliev, me quedan solo unos trescientos francos en el bolsillo. Vine aquí sin tener nada previsto. Y tengo solo el dinero que traje. En París debo algunos miles de francos a la dueña del piso, que probablemente no dejará que saque mis efectos personales hasta que le haya pagado.

Mientras hablaba, miraba rodar las bolas sobre el tapete verde del billar. Los que jugaban eran dos jóvenes del lugar que, de cuando en cuando, observaban de reojo el atuendo elegante del conde.

—¡Eso es todo! Habría querido, por lo menos, tener un traje de luto para el funeral. Pero no hay un solo sastre en la comarca que me conceda dos días de crédito. En el banco me han informado de que la cuenta de mi madre está bloqueada y que, aunque no fuera así, su crédito se eleva solamente a unos setecientos y pico francos. ¿Y sabe usted quién me ha dado tan agradable información?

—El hijo de su administrador.

—Exacto.

Bebió un trago de grog ardiente y se calló, mirando siempre hacia el billar. La orquesta atacó un vals vienés que resultaba punteado de manera curiosa por el entrechocar de las bolas. Hacía calor. La atmósfera del café era grisácea, a pesar de las lámparas eléctricas. Era un viejo café de provincias con una sola concesión al estilo moderno, un pequeño cartel que anunciaba: COCKTAILS A 6 FRANCOS.

Maigret fumaba despacio, fijándose también en el billar iluminado por la luz fuerte de las pantallas de cartón verde. De cuando en cuando, la puerta se abría y, tras unos segundos, a uno lo sorprendía una ráfaga de aire helado.

—Vayamos más al fondo.

Era la voz del abogado de Bourges. Pasó por delante de la mesa ocupada por los dos hombres, seguido por Jean Métayer, que llevaba guantes de lana blancos. Ambos iban mirando hacia delante y no repararon en los otros dos hasta después de haberse sentado.

Las dos mesas se encontraban casi frente a frente. Un ligero rubor cubrió las mejillas de Métayer, que pidió con una voz a la que faltaba firmeza:

—¡Chocolate!

Saint-Fiacre bromeó a media voz:

—¡Ya va, querido!

Una mujer se sentó a igual distancia de ambas mesas, dirigió al camarero una sonrisa llena de compañerismo y murmuró:

—Lo de siempre.

Le sirvieron jerez. Se empolvó las mejillas, se retocó los labios y, parpadeando, dudó en dirigir su mirada hacia una mesa o la otra.

¿Era a Maigret, grande y bonachón, a quien debía atacar? ¿O al abogado, más elegante, que la examinaba ya con una sonrisilla?

—En fin. No tendré más remedio que presidir el duelo vestido de gris —murmuró el conde de Saint-Fiacre—. No puedo pedir prestado un traje negro al mayordomo, ni ponerme una chaqueta de mi difunto padre.

Excepto el abogado, cada vez más interesado en la mujer, todos miraban hacia la mesa de billar más cercana.

Había tres en el local. Dos estaban ocupadas. Resonaron los vítores en el momento en que los músicos terminaban su pieza. Y, de golpe, volvió a oírse el entrechocar de vasos y tazas.

—¡Tres oportos, tres!

La puerta se abría, se cerraba. El frío entraba, era engullido poco a poco por el calor ambiental.

Las lámparas de la tercera mesa de billar se encendieron con un gesto de la cajera, que tenía los conmutadores eléctricos a su espalda.

—Treinta puntos —dijo una voz y, dirigiéndose al camarero—: Un cuarto de Vichy... ¡No! Un Vittel de fresa.

El que hablaba era Émile Gautier, que estaba recubriendo cuidadosamente el extremo de su taco con tiza azul. Después puso el marcador a cero. Su compañero era el subdirector del banco, unos diez años mayor que él, con unos grandes bigotes negros terminados en punta.

Hasta la tercera jugada no se dio cuenta de la presencia de Maigret, a quien saludó con cierta turbación. Después se entregó por completo al juego y pareció no darse cuenta de lo que le rodeaba.

—Si no tiene miedo al frío, ya sabe que en mi coche hay sitio para usted —dijo Maurice de Saint-Fiacre—. Y ahora permítame invitarle a algo. ¿Sabe? De todas formas, aún no estoy de aperitivo en...

—Camarero —dijo Métayer en voz alta—, hágame el favor de pedir que me pongan con el número 17 de Bourges.

Era el número de su padre. Un poco más tarde se encerró en la cabina telefónica.

Maigret fumaba sin cesar. Había pedido una segunda cerveza. Mientras, la mujer, quizá porque era el más gordo, le había echado definitivamente el ojo. Cada vez que miraba hacia su lado le sonreía como si fuera un antiguo conocido.

Aquella mujer estaba muy lejos de imaginar que los pensamientos de Maigret se dirigían en esos momentos a «la vieja», como su mismo hijo la llamaba. Tumbada en el primer piso del castillo, delante de la cual los campesinos desfilaban, empujándose unos a otros a codazos.

Pero no era así como la veía. La recordaba en una época en que aún no había automóviles delante del Café de Paris, ni se bebían *cocktails*. La veía en el parque del castillo, alta y esbelta, digna como la heroína de una novela popular, junto al coche de su hijo empujado por la *nurse*. Maigret no era entonces otra cosa que un muchacho con el cabello como el de Émile Gautier, obstinados en formar un remolino indomable en su cabeza.

¿Acaso no se sintió celoso del conde el día en que la pareja partió hacia Aix-les-Bains en un automóvil (uno de los primeros de la comarca) todo lleno de pieles y de perfumes?

Era casi imposible distinguir su rostro debajo de los velos. El conde llevaba unas gruesas gafas. Aquello parecía casi un rapto heroico. Y la nodriza tenía cogida la mano del bebé y la agitaba para decir adiós.

Ahora habían rociado a «la vieja» con agua bendita y la habitación olía a cirios encendidos.

Émile Gautier, concentrado, daba vueltas en torno de la mesa de billar, haciendo carambolas, contando a media voz y dándose importancia:

—Siete...

Apuntó de nuevo. Ganó. Su jefe, con los bigotes en punta, dijo con un tono desabrido:

—¡Formidable!

Dos hombres se observaban por encima del tapete verde: Jean Métayer, a quien el sonriente abogado hablaba sin cesar, y el conde de Saint-Fiacre, que escrutaba al joven con gesto mudo.

Maigret pensaba en un silbato de boy scout. Un hermoso silbato de bronce con dos sonidos distintos, como él jamás había tenido.

8

La invitación a cenar

—Otra llamada telefónica... —suspiró Maigret al ver que Métayer se levantaba una vez más.

Lo siguió con la mirada y comprobó que no iba a la cabina ni a los lavabos. Por otra parte, el abogado regordete estaba sentado en el extremo de la silla, como quien no sabe si debe levantarse. Miró al conde de Saint-Fiacre y se hubiera dicho que dudaba en dirigirle una sonrisa.

¿Era Maigret quien estaba de más? En todo caso, aquella escena le recordó ciertas historias de su juventud. Tres o cuatro amigos en una *brasserie* como aquella... Dos mujeres en el otro extremo de la sala... Las discusiones, las dudas, el camarero a quien se llama para entregarle una nota...

El abogado parecía estar en el mismo estado de enervamiento, y la mujer, sentada dos mesas más allá de Maigret, se estremeció al creerse observada. Sonrió, abrió su bolso y comenzó a empolvarse.

—Enseguida vuelvo —le dijo el comisario a su acompañante.

Cruzó la sala en la dirección que había seguido Métayer y vio una puerta en la que antes no había reparado y que daba a un largo pasillo cubierto por una alfombra roja. Al fondo del pasillo, un mostrador con un gran libro encima, una centralita telefónica y una empleada.

Allí estaba Métayer, terminando de hablar con esta última. En el momento preciso en que llegaba Maigret, se despedía:

—Muchas gracias, señorita. Dice usted que es la primera calle a la izquierda.

No se escondía de Maigret ni parecía sentirse molesto por su presencia, sino al contrario. En su mirada había una expresión divertida.

—Ignoraba que esto fuese un hotel —le dijo Maigret a la señorita.

—¿Se aloja usted en otro hotel?... Pues se ha equivocado. Este es el mejor hotel de Moulins.

—¿Se ha alojado aquí el conde de Saint-Fiacre?

Estuvo a punto de echarse a reír. Después se puso seria.

—¿Qué es lo que ha hecho? —preguntó con cierta inquietud—. Es la segunda vez en cinco minutos que...

—¿Qué señas ha dado usted al que me ha precedido?

—Quería saber si el conde de Saint-Fiacre salió durante la noche del sábado al domingo. No he podido responderle, porque el vigilante nocturno no ha llegado todavía. Entonces ese señor me ha preguntado si teníamos garaje y se ha dirigido allí.

¡Caramba! Maigret no tenía más que seguir a Métayer.

—...y el garaje está en la primera calle a la izquierda —dijo, un poco avergonzado de su torpeza.

—Exacto, está abierto toda la noche.

Jean Métayer se había apresurado pues, cuando Maigret tomó por la calle en cuestión, él salía silbando. El guardián estaba zampando en un rincón.

—Vengo a lo mismo que el señor que acaba de salir. Ese coche amarillo, ¿vinieron a sacarlo durante la noche del sábado al domingo?

Alguien había dejado diez francos sobre la mesa. Maigret puso otros diez.

—Sí, hacia la medianoche.

—¿Y lo devolvieron?

—A las tres de la mañana.

—¿Estaba muy sucio?

—¡Más o menos! Regular. El tiempo, como sabe usted, está siendo seco.

—Eran dos, ¿verdad? Un hombre y una mujer.

—No, un hombre solo.

—¿Bajo y flaco?

—Todo lo contrario. Muy alto y bien vestido.

No cabía duda: era el conde de Saint-Fiacre.

Cuando Maigret volvió al café, la orquesta estaba de nuevo causando estragos, y la primera cosa que llamó su atención fue que ya no había nadie en el rincón que antes ocupaban Métayer y su acompañante.

Cierto es que, segundos más tarde, divisó al abogado sentado en el propio sitio de Maigret, junto al conde de Saint-Fiacre.

Al llegar el comisario, el jurista se levantó y dijo con tono conciliador:

—Usted perdone. No, de ninguna manera, vuelva a ocupar su lugar, se lo ruego.

No tenía intención de marcharse. Por el contrario, se sentó en la silla de enfrente. Parecía muy animado y tenía el aspecto satisfecho de quien acaba de zanjar un asunto complicado. Su mirada parecía buscar a Jean Métayer, que no había regresado todavía.

—Tiene que comprenderlo, comisario. Yo no podía ir al castillo, como es lógico. Pero ya que la casualidad ha querido que nos encontremos en un terreno neutral, por así decirlo...

Se esforzaba por sonreír. Después de cada frase parecía como si saludase a sus interlocutores, dándoles las gracias por su aprobación.

—Nos encontramos en una situación tan penosa que carece de sentido, como le he dicho a mi cliente, complica más las cosas por un exceso de susceptibilidad. El señor Jean Métayer lo ha comprendido muy bien. Cuando usted llegaba, señor comisario, le estaba diciendo al conde de Saint-Fiacre que lo único que queremos es entendernos.

Maigret rezongó:

—¡Diablo!

Y, con más exactitud, pensó: «Buen hombre, tendrás suerte si antes de cinco minutos no sientes caer sobre tu cara la mano de este señor a quien hablas con una voz tan suave...».

Los jugadores de billar continuaban turnándose alrededor del tapete verde. En cuanto a la mujer, se levantó, dejó su bolso sobre la mesa y se dirigió al fondo de la sala.

«Otra que se equivoca por completo. Se le acaba de ocurrir una idea luminosa. ¿Habrá salido Métayer para hablar con ella sin testigos?... Y ahora ella coge y va en su busca».

Maigret estaba en lo cierto. Con la mano en la cadera, la mujer iba y venía en busca del joven.

El abogado seguía hablando:

—Hay en este asunto intereses muy complejos y, por nuestra parte, estamos dispuestos...

—¿A qué? —lo interrumpió Saint-Fiacre.

—Pues... a...

Estaba tan sorprendido, que no sabía cuál era su vaso y bebió del de Maigret, que se encontraba igualmente turbado.

—Ya sé que quizá el sitio no esté muy bien elegido... Y el momento tampoco... Pero piense que nosotros somos quienes mejor conocemos la situación financiera de...

—De mi madre, ¿no es así?

—Mi cliente, por una delicadeza que lo honra, ha preferido instalarse en la posada.

¡Pobre diablo! Bajo la fija mirada de Maurice de Saint-Fiacre, las palabras le salían de la garganta una a una, como si hubieran de arrancárselas.

—Usted me comprende muy bien, ¿no es así, comisario? Nosotros sabemos que hay un testamento depositado en casa del notario. Tranquilícese, los derechos del conde se han respetado. Pero Jean Métayer figura también en él. Los asuntos financieros están embrollados. Solo mi cliente los conoce.

Maigret admiró a Saint-Fiacre, que mantenía una calma casi angelical. Incluso sonreía levemente.

—Sí, era un secretario modelo —dijo sin ironía.

—Tenga usted en cuenta que es un muchacho de excelente familia, que ha recibido una sólida instrucción... Yo los conozco personalmente. Su padre...

—Volvamos a la fortuna, ¿le parece?

Eso estuvo muy bien. El abogado no podía dar crédito a sus oídos.

—¿Me permiten ofrecerles una ronda? ¡Camarero! Lo mismo. Para mí un Raphaël de limón.

Dos mesas más allá, la mujer volvió a sentarse con aire taciturno, ya que no había encontrado a nadie, y parecía resignada a acometer a los jugadores de billar.

—Según le decía, mi cliente está dispuesto a ayudarle. Hay ciertas personas de las que desconfía. Él mismo podrá decirle que se llevaron a cabo ciertas operaciones más bien turbias por parte de personas para quienes los escrúpulos no son un problema. Por último...

Quedaba lo más duro. A pesar de todo, el abogado tuvo que tragar saliva antes de proseguir.

—Seguramente habrá encontrado usted las cajas del castillo vacías. Y puesto que es indispensable que su señora madre...

—¡Su señora madre! —repitió Maigret con admiración.

—Que su señora madre... —volvió a decir el abogado sin sonreír—. ¿Qué es lo que estaba diciendo...? Ah, sí. Que debe tener un funeral digno de los Saint-Fiacre. Y teniendo en cuenta que los negocios están arruinados, mi cliente se ocupará...

—Dicho de otra manera: que adelantará los fondos necesarios para el entierro. ¿Es eso?

Maigret no se atrevía a mirar al conde. Fingía contemplar a Émile Gautier —que acababa de hacer otra serie de carambolas magistrales—, mientras esperaba, crispado, la tormenta que iba a estallar junto a él.

¡Pero qué va! Saint-Fiacre se levantó y se dirigió a un recién llegado.

—Siéntese con nosotros, por favor.

Era Métayer, que acababa de entrar y a quien el abogado había, sin duda, comunicado por señas que todo iba bien.

—¿Otro Raphaël de limón?... Camarero...

Volvieron a sonar los aplausos, pues la orquesta había terminado otra pieza. Los rumores iban disminuyendo, pero el silencio resultaba más incómodo porque en él las voces resonaban más. Solo se oía el entrechocar de las bolas de marfil.

—Le he dicho al señor conde, que ha comprendido muy bien...

—¿Para quién es el Raphaël?

—¿Han venido ustedes en taxi desde Saint-Fiacre? Siendo así, pongo mi coche a su disposición para el regreso. Irán un poco estrechos, porque ya he invitado al comisario. ¿Qué se debe, camarero...? ¡No, no! Se lo ruego... Me toca pagar a mí...

Pero el abogado ya se había levantado y puesto un billete de cien francos en la mano del camarero, que preguntó:

—¿Todo?

—¡Pues claro, pues claro!

El conde dijo, con la más cortés de sus sonrisas:

—Es usted muy amable.

Émile Gautier, que vio salir a los cuatro juntos haciéndose mutuas cortesías delante de la puerta, se olvidó de continuar el juego.

El abogado iba sentado en la parte delantera del coche, junto al conde, que conducía. En la parte de atrás, Maigret le dejaba apenas un poco de sitio a Jean Métayer.

Hacía frío. Los faros no iluminaban lo suficiente.

El coche era de escape libre, lo cual impedía hablar.

¿Conducía por lo general Maurice de Saint-Fiacre a aquella velocidad, o se trataba de una pequeña venganza? Lo cierto es que recorrió los veinticinco kilómetros que separaban Moulins del castillo en menos de un cuarto de hora, tomando las curvas sin frenar, acelerando en la oscuridad, y en una ocasión esquivando en el último momento una carreta que ocupaba el centro de la carretera y que le obligó a subirse al talud.

El cierzo azotaba sus rostros. Maigret tenía que sujetarse con las dos manos el cuello del abrigo. Atravesaron el pueblo sin disminuir de velocidad. Apenas divisaron la luz de la posada y, luego, el campanario puntiagudo de la iglesia.

Un brusco frenazo lanzó a los pasajeros unos contra otros. El coche se había detenido frente a la escalinata del castillo. A través de las ventanas de la cocina podía verse a los criados comiendo. Alguien reía a carcajadas.

—Señores, ¿permiten ustedes que los invite a cenar?

Métayer y el abogado se miraron el uno al otro con incertidumbre. El conde los empujó hacia el interior con una amistosa palmada en la espalda.

—Por favor. Ahora me toca a mí, ¿verdad? —Una vez en el vestíbulo, añadió—: La cena, por desgracia, no será muy alegre.

Maigret habría querido tener con él unas palabras a solas, pero el otro no le dio tiempo y abrió la puerta de la sala de fumar.

—¿Querrán excusarme unos instantes mientras toman el aperitivo? Tengo que dar algunas órdenes. Usted sabe dónde están las botellas, señor Métayer... Creo que todavía queda algo de beber.

Apretó un botón eléctrico. El mayordomo se hizo esperar largo rato, pero apareció al fin con la boca llena y la servilleta en la mano.

Saint-Fiacre se la arrancó con un gesto seco.

—Haga venir al administrador. Luego póngame al teléfono con la rectoría, y después con la casa del médico. —Y dirigiéndose a los otros—: ¿Me permiten ustedes?

El teléfono se encontraba en el vestíbulo, el cual estaba tan mal iluminado como el resto del edificio. El pueblo de Saint-Fiacre carecía de energía eléctrica, y el castillo producía su propia electricidad, pero el generador era demasiado débil. Las bombillas, en lugar de emitir una luz clara, dejaban ver sus filamentos enrojecidos como las de algunos tranvías cuando se detienen.

Por todos los lados se extendían grandes sombras que apenas permitían distinguir los objetos.

—¡Diga!... Sí, es absolutamente necesario. Gracias, doctor.

El abogado y Maigret se sentían inquietos, pero no se atrevían aún a manifestar esa inquietud. Fue Jean Métayer quien rompió el silencio al preguntarle al comisario:

—¿Qué puedo ofrecerle? Me parece que no queda oporto, pero hay licores.

Las estancias del piso bajo eran contiguas, separadas

por grandes puertas abiertas. En primer término, el comedor; después, el salón; luego, la sala de fumar, donde se encontraban los tres hombres, y, por último, la biblioteca, adonde el joven había ido en busca de las botellas.

—Diga... Sí... Enseguida.

El conde seguía al teléfono. Después avanzó por el pasillo que atravesaba todas las estancias, subió al segundo piso y se detuvo en el cuarto de la fallecida. Se oyeron pasos más pesados en el vestíbulo. Llamaron a la puerta, que se abrió de inmediato. Era el administrador.

—¿Me han llamado?

Pero al darse cuenta de que el conde no se encontraba allí, miró estupefacto a las tres personas reunidas, retrocedió, preguntó al mayordomo que llegaba.

—¿Agua de Seltz? —ofreció, inquieto, Métayer.

El abogado, lleno de buena voluntad, comenzó tartamudeando:

—Tenemos ambos profesiones embarazosas, comisario. ¿Hace mucho tiempo que pertenece a la policía? Yo llevo unos quince años ejerciendo. A lo largo de ese tiempo he tomado parte en los acontecimientos más extraños que pueda usted imaginar. A su salud. Y a la suya, señor Métayer. Estoy contento por el giro que toman los...

En el corredor se oyó la voz del conde:

—Ah, bueno. Alguno encontrará. Telefonee a su hijo, que está jugando al billar en el Café de Paris, en Moulins. Él traerá lo necesario.

La puerta se abrió. Entró el conde.

—¿Tienen algo de beber? ¿No hay cigarrillos aquí?

Miró a Métayer con un gesto de interrogación.

—¿Cigarrillos? Yo no fumo más que... —El joven no terminó la frase y volvió la cabeza, mortificado—. Voy a por ellos.

—Señores, tendrán ustedes que perdonarme por la cena tan ligera que les voy a ofrecer. Estamos lejos de la ciudad y...

—¡Vamos, vamos! —intervino el abogado, a quien el alcohol comenzaba a hacer efecto—. Estoy seguro de que todo irá muy bien. ¿Este retrato es de algún familiar suyo?

Señalaba, en la pared del salón, el retrato de un hombre vestido con una rígida levita y con la garganta oprimida por un cuello postizo almidonado.

—Es mi padre.

—Sí. Se le parece usted.

El criado hizo pasar al doctor Bouchardon, que miró a su alrededor con desconfianza, como si presintiese una tragedia. Pero Saint-Fiacre lo recibió con gesto animado.

—Pase usted, doctor... Ya conoce a Jean Métayer. Aquí su abogado. Un hombre encantador, como tendrá usted ocasión de comprobar. En cuanto al comisario...

Los dos hombres se estrecharon las manos y, momentos más tarde, el médico musitó al oído de Maigret:

—¿Qué clase de intriga ha preparado usted?

—No he sido yo, sino él.

El abogado, de manera discreta, iba sin cesar al velador, sobre el que se encontraban los vasos, y no parecía darse cuenta de que ya estaba bebiendo más de lo debido.

—¡Qué maravilla es este viejo castillo! ¡Y qué escenario para una película! Se lo decía precisamente al procurador de Bourges, a quien horroriza el cine.

Iba animándose cada vez más y buscaba la ocasión de hablar con alguien.

En cuanto al conde, estaba con Métayer, con quien se mostraba de una amabilidad inquietante.

—Lo más triste aquí son las largas noches de invierno. ¿No es verdad? *En mis tiempos*, recuerdo que mi padre tenía también costumbre de invitar al médico y al cura. No eran los mismos de ahora, pero ya entonces el doctor era un descreído, y las conversaciones acababan siempre en disquisiciones filosóficas. Y aquí está justamente el...

Era el cura, ojeroso, comedido, que no sabía qué decir y que permaneció vacilante en el umbral.

—Perdonen que llegue con retraso, pero...

A través de las puertas abiertas se veía a los criados que preparaban los cubiertos en la mesa del comedor.

—Ofrezca usted algo de beber al señor cura.

El conde se dirigía a Métayer. Maigret se fijó en que Saint-Fiacre apenas bebía. En cambio, el abogado no tardaría en estar borracho. Le estaba explicando al doctor, que miraba a Maigret con estupefacción:

—Un poco de diplomacia, nada más, o, si usted quiere, simple conocimiento del alma humana. Ellos son poco más o menos de la misma edad y de buena familia los dos. ¿Qué iban a ganar con verse como enemigos? ¿Acaso sus intereses no son casi comunes? Lo más curioso... —Rio y bebió otro trago de alcohol—. Lo curioso es que todo esto ha ocurrido por casualidad, en un café. En uno de esos admirables cafés de provincias donde se encuentra uno tan a gusto como en su casa.

De fuera les llegó el ruido de un motor. Poco después, el

conde entró en el comedor, donde se encontraba ya el administrador, y pudo oírse claramente el final de una frase:

—¡Los dos, sí! Si usted quiere... ¡Es una orden!

Sonó el teléfono. El conde había vuelto con sus invitados. El mayordomo entró en la sala de fumar.

—El encargado de las pompas fúnebres. Pregunta a qué hora puede traer el féretro.

—Cuando él quiera.

—Bien, señor conde.

Este añadió enseguida, casi con alegría:

—A la mesa, señores. He hecho subir las últimas botellas de la bodega. Pase usted primero, señor cura. Sin duda falta alguna dama, pero...

Maigret intentó detenerlo un momento por la manga. El conde lo miró a los ojos con un gesto de impaciencia, se desprendió de él bruscamente y entró en el comedor.

—He invitado al señor Gautier, nuestro administrador, y a su hijo, que es un muchacho de porvenir, a tomar parte en nuestra cena.

Maigret miró el cabello del empleado de banca y, a pesar de su inquietud, no pudo evitar una sonrisa. Lo tenía mojado. Antes de entrar en el castillo el joven se había cambiado de ropa, se había lavado la cara y las manos y se había puesto otra corbata.

—¡A la mesa, señores!

El comisario tuvo la certeza de que Saint-Fiacre ahogaba un sollozo. Eso pasó desapercibido porque el doctor llamó la atención al señalar una botella empolvada y murmurar:

—¿Todavía le queda Hospice de Beaune de 1896...? Yo

creía que las últimas botellas las había comprado el restaurante Larue y que...

El resto de la frase se perdió entre el ruido de las sillas arrastradas. El cura, con las manos unidas sobre el mantel, la cabeza baja y los labios trémulos, recitó la oración de gracias.

Maigret sorprendió la insistente mirada del conde de Saint-Fiacre sobre él.

9

Bajo la influencia de Walter Scott

El comedor era la estancia del castillo que conservaba mejor su carácter medieval, gracias, sobre todo, a las *boiseries* esculpidas que cubrían los muros casi hasta el techo. Por otro lado, la sala era más alta que ancha, lo que le daba un aspecto solemne y, además, lúgubre, pues se tenía la impresión de comer en el fondo de un pozo.

Sobre cada panel de madera había dos lámparas eléctricas, de esas alargadas que parecen cirios y en cuya superficie se imitan las falsas lágrimas de la cera.

En el centro de la mesa había un verdadero candelabro de siete brazos con siete velas verdaderas.

El conde de Saint-Fiacre y Maigret estaban sentados frente a frente, pero no podían verse a no ser que enderezasen el cuerpo para mirarse por encima de las llamas.

A la derecha del conde se sentó el cura, y a la izquierda, el doctor Bouchardon. La casualidad colocó a Jean Métayer en un extremo de la mesa y al abogado en el otro. Al lado del comisario se encontraban, por una parte, el administrador y, por la otra, Émile Gautier.

El mayordomo entraba de vez en cuando en la zona iluminada para servir a los invitados, pero en cuanto retrocedía dos metros se sumergía en las sombras y solo se veían sus manos enguantadas de blanco.

—¿No les parece que estamos viviendo una novela de Walter Scott?

Era el conde de Saint-Fiacre quien hablaba, con voz indiferente. Aun así, Maigret aguzó el oído, pues intuyó una intención y adivinó que algo iba a dar comienzo.

Estaban todavía en los entremeses. Sobre la mesa había, en desorden, una veintena de botellas de vino blanco y tinto, burdeos y borgoña, de las que cada uno se servía a placer.

—Hay solo un detalle que no encaja —prosiguió Maurice de Saint-Fiacre—. En Walter Scott, la pobre vieja, allá arriba, se pondría de pronto a gritar...

Por unos segundos, todos dejaron de comer y pareció soplar una corriente de aire helado.

—A propósito, Gautier, ¿la han dejado completamente sola?

—Sí. No hay nadie en la habitación de la señora condesa.

—¡Eso no debe de ser muy alegre!

En ese momento, un pie rozó con insistencia el de Maigret, pero el comisario no supo adivinar a quién pertenecía. La mesa era redonda y, por consiguiente, todos podían llegar al centro. La incertidumbre de Maigret iría a más, pues durante toda la noche prosiguieron las señales, y con mayor frecuencia cada vez.

—¿Ha recibido ella mucha gente hoy?

Era embarazoso oírle hablar de su madre como si estuviera viva, y el comisario constató que Jean Métayer se quedó tan afectado que dejó de comer y permaneció con la mirada perdida y los ojos cada vez más hundidos.

—Casi todos los granjeros del país —respondió con tono grave el administrador.

Cuando el mayordomo se daba cuenta de que una mano se alargaba hacia las botellas, se aproximaba sin ruido. Se veía entonces aparecer en el círculo de luz su brazo negro terminado en un guante blanco. El vino lo servía de manera prodigiosa, con un silencio tal, con tanta elegancia, que el abogado, un poco embriagado ya, repitió dos, tres, cuatro veces la experiencia, maravillado. Seguía con asombro el brazo, que apenas rozaba su espalda, y al fin no pudo contenerse:

—¡Asombroso! Mayordomo, es usted un as. Si yo pudiera pagarme un castillo, no dudaría en tenerlo a usted a mi servicio.

—¡Bah! El castillo se venderá pronto, y no muy caro.

También esta vez Maigret frunció el ceño y miró al conde de Saint-Fiacre, que hablaba de la suerte del castillo con un tono indiferente en medio de una atmósfera ligeramente funambulesca. A pesar de todo, había en sus réplicas algo mordaz. ¿Tenía el conde los nervios a flor de piel? ¿Era aquella una forma siniestra de bromear?

—Pollos de medio luto —anunció cuando el mayordomo sirvió, en efecto, unos pollos trufados. Y, sin transición, en el mismo tono ligero añadió—: El asesino, como los demás, va también a comer de estos pollos.

El brazo del mayordomo se deslizaba entre los convidados. La voz del administrador exclamó, con cómica desolación:

—Pero ¡señor conde...!

—¡Pues claro! ¿Qué tiene eso de extraordinario? El asesino está aquí, no me cabe la menor duda. Pero no hay motivo para que se le corte el apetito, señor cura. El cadáver está también en la casa, y eso no nos impide comer. Un poco de vino para el señor cura, Albert.

Maigret volvió a sentir de nuevo el roce insinuante de un pie. Dejó caer su servilleta y se inclinó bajo la mesa, pero fue demasiado tarde. Cuando volvió a incorporarse, el conde, sin dejar de comer su pollo, dijo:

—He hablado tanto de Walter Scott a causa de la atmósfera que reina en esta habitación; pero, sobre todo, a causa del asesino. En resumidas cuentas, esto es una velada fúnebre, ¿verdad? El funeral es mañana por la mañana, y es muy posible que no nos separemos hasta entonces. El señor Métayer ha tenido, por lo menos, el mérito de llenar la bodega de un excelente whisky.

Maigret trató de recordar cuánto había bebido el conde. En cualquier caso, menos que el abogado, que exclamó sin poder contenerse:

—¡Excelente! Pues sí. Pero es que mi cliente es el hijo menor de vinicultores y...

—Estaba diciendo... ¿Qué decía yo? Ah, sí... Llénale el vaso al señor cura, Albert. Estaba diciendo que, puesto que el asesino está aquí, los demás son, en cierto modo, los jueces. Y por eso la reunión me recuerda a un capítulo de Walter Scott. Dense cuenta de que, en realidad, el asesino en cuestión no corre ningún riesgo. ¿No es así, señor comisario? No es un crimen meter una hoja de papel en un devocionario. A propósito, doctor, ¿cuándo tuvo lugar la última crisis de mi madre?

El doctor se enjugó los labios y miró en torno con gesto malhumorado.

—Hace unos tres meses, cuando telefoneó usted desde Berlín diciendo que se encontraba enfermo en una habitación de hotel y que...

—Aquello fue para pedir dinero, ¡ya ven!

—Ese día anuncié que la siguiente emoción violenta sería fatal.

—Entonces... A ver. ¿Quién lo sabía? Jean Métayer, está claro... Yo, evidentemente. Gautier padre, que es casi de la familia... Y, por último, usted y el señor cura. —Se bebió de un trago un vaso de Pouilly e hizo una mueca—. He hecho esta aclaración para demostrar que, en buena lógica, todos podemos ser considerados posibles asesinos. Si eso los divierte... —Parecía buscar a propósito las palabras más desconcertantes—: Si los divierte, vamos a examinar con detenimiento el caso de cada uno en particular. Comencemos por el señor cura. ¿Tenía él algún interés en matar a mi madre? La respuesta no es tan simple como parece. Dejemos a un lado la cuestión del dinero.

El cura, sofocado, no sabía si levantarse o no.

—El señor cura no tenía, en realidad, nada que esperar. Pero es un místico, un apóstol, casi un santo. Entre sus feligresas hay una que lleva una conducta escandalosa. Que tan pronto se precipita a la iglesia y se comporta igual que la más ferviente de los fieles, como hace que el escándalo caiga sobre Saint-Fiacre. No, no ponga esa cara, Métayer. Estamos entre hombres. Esto es, si le parece, alta psicología... El señor cura tiene una fe tan viva que podría empujarlo a los más lamentables extremos. Recuerden los tiempos en que se quemaba a los pecadores para purificarlos. Mi madre está en misa. Acaba de comulgar, se encuentra en estado de gracia, pero muy pronto volverá a caer de nuevo en el pecado y a ser otra vez objeto de escándalo... Si muriese allí, santamente, en su reclinatorio...

—Pero... —comenzó a decir el cura, que tenía gruesas lágrimas en los ojos y se aferraba a la mesa para conservar la calma.

—Se lo ruego, señor cura. Solo estamos haciendo psicología. En este momento solo quiero demostrar cómo hasta las personas más serias pueden resultar sospechosas de las peores atrocidades. Si pasamos ahora al doctor, el asunto es más embarazoso aún. No es un santo, y lo que lo salva es no ser ni siquiera un sabio, ya que en ese caso pudiera muy bien haber deslizado el papel en el devocionario para realizar un experimento y demostrar la resistencia de un corazón enfermo.

El ruido de los tenedores se había apagado casi por completo, y las miradas estaban fijas, inquietas, casi azoradas. Solo el mayordomo llenaba los vasos en silencio, con una regularidad de metrónomo.

—Tienen ustedes un aspecto lúgubre, señores. ¿Es que no se pueden abordar ciertos temas entre personas inteligentes? Sirve otra vez, Albert. —Después de una pausa, continuó—: Debemos, por tanto, dejar a un lado al doctor, ya que no podemos considerarlo ni como sabio ni como investigador. Lo salva su propia mediocridad. —Soltó una risilla y se volvió hacia el viejo Gautier—. En cuanto a usted, el caso es más complejo. Nosotros debemos colocarnos en el punto de vista de Sirio, ¿no es así? Dos eventualidades: en primer lugar, es usted el administrador modelo, el hombre íntegro que consagra su vida a sus señores y al castillo que lo han visto nacer. No lo han visto nacer, pero eso no importa. En este caso, su situación no es muy clara. Los Saint-Fiacre no tienen más que un heredero varón, y he aquí que la fortuna está en trance de desaparecer poco a poco ante las propias narices de ese heredero. La condesa actúa como si estuviera loca. ¿No ha llegado el momento de salvar lo que queda? Esto es tan noble como si fuera de Walter Scott, y su caso se parece al del señor cura. Pero vamos ahora a examinar el otro aspecto de la cuestión. Usted no es el administrador modelo que el castillo ha visto nacer. Usted es un canalla que durante años ha medrado abusando de la debilidad de los señores. Las granjas que han tenido que vender, las ha comprado usted en secreto. Las hipotecas, es usted quien se queda con ellas. No se enfade, Gautier. ¿Acaso el cura se ha enfadado antes? Y todavía no he terminado. Usted es casi el verdadero propietario del castillo.

—¡Señor conde!

—¿Es que no sabe usted jugar? Ya he dicho que estamos jugando. Jugando, si le parece, a ser todos un poco comisarios, como su vecino de mesa. Llega el momento en que la condesa está arruinada, ya no queda nada por vender, y ella va a terminar por darse cuenta de que usted se ha aprovechado de la situación. ¿No es lo mejor que muera de una manera elegante, evitándole además así darse cuenta de su miseria? —Y volviéndose hacia el mayordomo, que parecía una sombra en la oscuridad, un demonio con las manos blancas como la tiza, le dijo—: Albert, ve a buscar el revólver de mi padre. Si es que aún existe.

Se sirvió bebida, sirvió a sus vecinos y le tendió la botella a Maigret al tiempo que le decía:

—Haga el favor de servir por ese lado. ¡Uf! Nos encontramos aún a la mitad de nuestro juego. Pero esperemos a Albert. Señor Métayer, no está bebiendo... —Se le oyó balbucir un débil «Gracias»—. ¿Y usted, señor abogado?

Este contestó con la boca llena y la lengua pastosa:

—Gracias, gracias, tengo todo lo que necesito. —Y, sin darse cuenta de lo que decía, añadió—: ¿Sabe usted que sería un excelente fiscal?

De todos ellos, fue el único que reía, que comía con un apetito indecente, que bebía sin cesar, vaso tras vaso, tanto borgoña como burdeos, sin percatarse de que la conducta de los demás había cambiado.

Se oyó dar las diez en la aguda campana de la iglesia. Albert le tendió al conde un enorme revólver, y Maurice verificó que estuviera cargado.

—¡Perfecto! Voy a ponerlo aquí, en medio de esta mesa redonda. Dense cuenta de que está a igual distancia de cada uno de nosotros... Hemos examinado tres casos. Vamos a examinar los otros tres. Pero antes de continuar, ¿me permiten hacerles una predicción? Pues bien, siguiendo con la tradición y las características de Walter Scott, les anuncio que, antes de medianoche, el asesino de mi madre habrá muerto.

Por encima de la mesa Maigret le lanzó una mirada penetrante y vio que tenía los ojos brillantes, como si estuviera ebrio. En ese momento un pie tocó de nuevo el suyo.

—Y ahora proseguiré. Pero coman ensalada. Paso a su

vecino de izquierda, comisario, es decir, a Émile Gautier. Un muchacho serio. Un trabajador que, como se suele decir en los repartos de premios, ha destacado por sus propios méritos y su esfuerzo constante... ¿Pudo matarla él? Una hipótesis: colaboró con su padre y estaba confabulado con él. Va todos los días a Moulins. Él es quien mejor conoce la situación financiera de la familia. No tiene ninguna dificultad para visitar a un impresor o a un tipógrafo. Pero sigamos. Segunda hipótesis. Métayer, me perdonará si le digo, por si aún no lo sabía, que tenía un rival. Émile Gautier no es precisamente un Apolo, pero ocupó antes que usted el puesto que con tanto tacto ha venido usted desempeñando. Hace ya de eso unos años. ¿Es posible que Émile concibiese nuevas esperanzas? ¿Es posible que pensase que podría de nuevo conmover el corazón demasiado sensible de mi madre? Cuando era su protegido oficial, le estaban permitidas todas las ambiciones. Pero usted vino... y venció. Matar a la condesa y, al mismo tiempo, hacer recaer las sospechas sobre usted...

Maigret sentía los pies incómodos dentro de los zapatos. Todo aquello era odioso, sacrílego. Saint-Fiacre hablaba con una exaltación de borracho. Y los demás se preguntaban si aguantarían hasta el final, si debían quedarse y aguantar aquella escena o levantarse e irse de allí.

—Ya ven que nadamos en plena poesía, y tengan en cuenta que la propia condesa, en el caso de que pudiera hablar, sería incapaz de darnos la clave del misterio. Solo el asesino está al corriente de su crimen. Coma, Émile Gautier. No se deje impresionar como le ocurre a su padre, que casi parece estar a punto de desmayarse. ¡Albert, todavía deben de quedar algunas botellas en la bodega...! Y en cuanto a usted, joven...

Se volvió sonriente hacia Métayer, que se levantó de pronto.

—Señor, mi abogado...

—¡Siéntese, demonios! ¿Es que habremos de creer que a su edad no puede soportar una broma?

Maigret lo miraba mientras pronunciaba estas palabras y pudo comprobar que la frente del conde estaba perlada de gruesas gotas de sudor.

—No se trata de parecer mejor de lo que somos, ¿verdad? ¡Bien! Ya veo que comienza a comprender. Tome algo de fruta, es excelente para la digestión.

Hacía un calor insoportable, y Maigret se preguntó quién había apagado las lámparas y no había dejado encendidas más que las velas de la mesa.

—Su caso es tan sencillo que carece de interés. Su papel no era muy divertido, era un papel que no es agradable interpretar demasiado mucho tiempo... Tenía puesta su esperanza en el testamento. Ese testamento era susceptible en todo momento de ser modificado... Una muerte rápida, y todo arreglado. ¡Sería por fin libre! ¡Recogería al fin el fruto de su... de su sacrificio! Y, por Dios, podría casarse con alguna muchacha que seguramente tiene ya elegida en su comarca...

—Perdón —intervino el abogado, de manera tan cómica que Maigret no pudo contener una sonrisa.

—¡A callar! ¡Beba!

El tono de Saint-Fiacre era categórico. Estaba borracho, no cabía duda. Tenía esa elocuencia particular de los borrachos, mezcla de brutalidad y de finura, de facilidad de expresión y de palabras escamoteadas.

—Ahora solo quedo yo. —Permaneció unos momentos pensativo y continuó, dirigiéndose a Albert—: Escucha, amigo mío, sube allá arriba. Debe de ser terriblemente lúgubre para mi madre estar tan sola.

Maigret reparó en que la mirada interrogante del criado se fijaba en el viejo Gautier, que bajó los párpados con un gesto afirmativo.

—¡Un momento! Trae antes algunas botellas más a la mesa. Whisky. Supongo que nadie estará pendiente del protocolo... —Y continuó, mirando la hora en su reloj—: Las once y diez. Hablo tanto que no he oído las campanas de su iglesia, señor cura.

Cuando el mayordomo rozó el revólver al colocar las botellas de whisky sobre la mesa, el conde dijo:

—Cuidado, Albert, debe quedar a igual distancia de cada uno. —Esperó a que la puerta estuviese cerrada de nuevo—. Y ya está, solo quedo yo. No digo nada nuevo si afirmo que nunca he hecho nada bueno. Salvo, quizá, en vida de mi padre... Pero, desde que él murió, cuando yo apenas tenía diecisiete años, voy a la deriva. Todo el mundo lo sabe. Los periódicos semanales lo han dicho muchas veces, encubriendo apenas mi nombre. Cheques sin fondos... Exprimir a mamá sin parar... Inventarme una enfermedad en Berlín para conseguir algunos miles de francos... Fíjense que esto es, en menor medida, el recorte del devocionario. Pero ¿qué pasa? Que el dinero que yo debía heredar lo despilfarraban pequeños sinvergüenzas como Métayer. Perdóneme, amigo, seguimos haciendo psicología trascendental... Y muy pronto no quedaría nada. Entonces telefoneo a mi madre cuando un cheque sin fondos puede suponerme ir a la cárcel. Ella se niega a pagar. Esto pueden confirmarlo varios testigos. En fin, si la situación se hubiera prolongado unas semanas, no habría quedado nada de mi patrimonio. También en mi caso, como en el de Émile Gautier, podemos estudiar dos hipótesis distintas. La primera...

A lo largo de su carrera nunca se había sentido Maigret tan incómodo ni había experimentado de una manera tan clara la sensación de no estar a la altura de la situación. Los acontecimientos lo habían rebasado. A veces creía comprender, pero justo después de una frase de Saint-Fiacre, todas sus dudas reaparecían.

Y aquel pie presionaba sin cesar sobre el suyo.

—¡Podríamos hablar de otra cosa! —se atrevió a decir el abogado, completamente borracho.

—Señores... —comenzó a decir el cura.

—¡Perdón! Me deben ustedes su tiempo hasta la medianoche por lo menos. Estaba diciendo que la primera hipótesis... ¡Genial! Ahora me ha hecho perder el hilo. —Como si así fuera a recobrarlo, se bebió un vaso entero de whisky y continuó—. Como sé que mi madre es muy sensible, meto el papel en su devocionario con la intención de horrorizarla y de presentarme al día siguiente para pedirle el dinero necesario, esperando así encontrarla mucho más complaciente. Pero existe la segunda hipótesis, ¿por qué no podría tener también yo verdadera intención de matarla? El dinero de los Saint-Fiacre no ha desaparecido por completo, aún queda un poco, y, en mi situación, un poco de dinero, por poco sea, puede suponer la salvación. Sé, vagamente, que hay un testamento a favor de Métayer, pero un asesino no puede heredar. ¿No se sospecharía precisamente de él, que se pasa todo el tiempo en una imprenta de Moulins, que vive en el castillo y puede haber metido el papel en el devocionario como y cuando haya querido...? ¿No llegué yo a Moulins el sábado antes de mediodía y me quedé allí esperando, en compañía de mi amante, el resultado de la maniobra?

Se levantó con el vaso en la mano.

—A su salud, señores. Los veo muy lúgubres, y lo lamento. Toda la vida de mi madre, durante los últimos años, ha sido lúgubre, ¿no es verdad, señor cura? Lo justo sería que, en su última noche, la acompañase un poco de alegría. —Miró al comisario a los ojos—. ¡A su salud, señor Maigret!

¿De quién se burlaba? ¿De sí mismo? ¿De todo el mundo?

Maigret se sentía en presencia de una fuerza contra la que nada podía hacer. Algunos hombres, en un momento dado de su vida, tienen una hora de plenitud, una hora durante la cual son capaces de alzarse por encima del resto de sus semejantes y por encima de sí mismos.

Es el caso del jugador en Montecarlo que gana sin parar, haga lo que haga. El caso del diputado de la oposición, desconocido hasta entonces, que con su discurso hace tambalear al Gobierno, de lo cual él mismo es el primer sorprendido, pues no quería otra cosa que ocupar unas líneas en el *Diario de Sesiones...*

Aquella era la hora de Maurice de Saint-Fiacre. Había en él una fuerza cuyo poder de sugestión ni él mismo sospechaba, y los otros no tenían más remedio que bajar la cabeza.

¿No sería sin más la embriaguez lo que se había apoderado de él de aquella manera?

—Volvamos de nuevo a lo que he dicho al principio de nuestra conversación, señores —continuó—, ya que todavía no es medianoche. He dicho que el asesino de mi madre se encuentra entre nosotros. He demostrado que pude muy bien haber sido yo mismo o cualquiera de ustedes, exceptuando quizá al doctor y al comisario. Todavía no estoy seguro... Y, además, he anunciado la muerte del asesino. ¿Me permiten ustedes jugar una vez más al juego de las hipótesis? El asesino sabe muy bien que la ley no puede nada contra él. Pero sabe también que hay unos pocos, o, mejor dicho, que quedarán algunas personas, al menos seis, que conocerán su crimen. Son varias, por tanto, las soluciones que podemos examinar. La primera es la más romántica, la más acorde con el espíritu de Walter Scott. Pero es necesario que haga un nuevo paréntesis. ¿Cuál es la característica principal de este crimen? Que había al menos cinco personas que gravitaban alrededor de la condesa. Cinco personas interesadas en su muerte que han tenido, cada una por su lado, los medios suficientes para provocarla... ¡Y solo una se atrevió! ¡Solo una la mató! Ahora bien, también me imagino claramente al asesino aprovechando esta reunión para vengarse de los demás. Él está perdido, ¿por qué no matarnos a todos?

—Y Maurice de Saint-Fiacre, con una plácida sonrisa, fue mirando a los comensales uno por uno—: ¿No es esto apasionante? Un viejo comedor de un viejo castillo, las velas, la mesa llena de botellas. Después, a medianoche, la muerte... Dense cuenta de que esto significa también el final del escándalo. Mañana la gente acudirá y no comprenderá nada. Se hablará de la fatalidad o de un atentado anarquista.

El abogado se revolvió inquieto en su silla y lanzó una mirada ansiosa alrededor, hacia la penumbra que comenzaba a reinar a menos de un metro de la mesa.

—Si me permiten recordarles que soy médico —dijo Bouchardon—, aconsejaría a cada uno una taza de café bien cargado.

—Y yo —dijo despacio el sacerdote— les recordaría que hay un cadáver en la casa.

Saint-Fiacre dudó unos segundos. Un pie rozó de nuevo el tobillo de Maigret, que se agachó deprisa pero, una vez más, demasiado tarde.

—Les he pedido que esperen hasta medianoche. Todavía no he examinado más que la primera hipótesis. Hay una segunda: el asesino, acorralado, enloquecido, se dispara una bala en la cabeza. *Pero eso no creo que lo haga.*

—¡Les suplico que pasemos a la sala de fumar! —chilló el abogado, levantándose y apoyándose en el respaldo de su silla para no caer.

—Y todavía queda una tercera hipótesis. Alguien que valora el honor de la familia viene en ayuda del asesino... Esperen, el asunto es más complejo. ¿No hay que evitar el escándalo? ¿No hay que *ayudar* al culpable a suicidarse? El revólver está ahí, señores, a igual distancia de todas las manos. Son ya las doce menos diez, y les repito que a medianoche el asesino morirá.

Esta vez su tono era tal que todos permanecieron inmóviles. Se les había cortado la respiración.

—La víctima está allá arriba, velada por un criado. El asesino está aquí, rodeado por siete personas.

Saint-Fiacre apuró de un trago su vaso. El pie desconocido seguía golpeando el de Maigret.

—Las doce menos seis. No es así como sucede en Walter Scott. Tiemble, señor asesino. —Estaba borracho, pero seguía bebiendo—. Cinco personas para desplumar a una pobre vieja sin marido, sin afecto... Uno solo que se atrevió a... O la bomba o el revólver, señores. La bomba que nos hará saltar a todos por los aires o el revólver, que alcanzará solo al culpable. Las doce menos cuatro minutos. —Y con una voz seca añadió—: No olviden que nadie lo sabrá.

Cogió la botella de whisky y sirvió una ronda comenzando por Maigret y terminando por Émile Gautier.

Pero no llenó su vaso. ¿Acaso no había bebido ya bastante? Una vela se apagó. Las demás lo harían pronto.

—He dicho a medianoche. Las doce menos tres. —Y al decirlo adoptó el aire de un rematador de subasta pública—. Las doce menos tres, menos dos. El asesino va a morir. Ya puede usted empezar una plegaria, señor cura. Y usted, doctor, ¿no ha traído por lo menos su equipo de urgencia? Menos dos, menos uno y medio.

El pie golpeaba sin cesar el de Maigret, que no se atrevía ya a agacharse por temor a perderse el espectáculo.

—¡Yo me voy! —dijo el abogado, levantándose.

Todas las miradas se volvieron hacia él. Estaba en pie. Apretaba con fuerza el respaldo de su silla. Dudaba en dar los tres peligrosos pasos que lo separaban de la puerta. Soltó un hipo.

En ese momento sonó una detonación. Hubo un segundo, quizá dos, de inmovilidad general.

Una segunda vela se apagó y, al mismo tiempo, Maurice de Saint-Fiacre vaciló, golpeó con la espalda el respaldo de su silla gótica, se inclinó hacia la izquierda, quiso hacer un esfuerzo para sostenerse, pero se desplomó, inerte, con la cabeza sobre el brazo del cura.

10

La velada fúnebre

La escena que siguió fue confusa. Por todas partes ocurría alguna cosa, y después cada uno solo pudo relatar la pequeña porción de los acontecimientos que había presenciado en persona.

Solo quedaban cinco velas para iluminar el comedor. Espacios enormes permanecían en sombra, y los actores se agitaban, entraban y salían como entre las bambalinas de un teatro.

Uno de los dos vecinos de mesa de Maigret había disparado: Émile Gautier. Apenas hubo salido la bala, le tendió las dos muñecas al comisario en un gesto un poco teatral.

Maigret estaba en pie, Gautier se levantó. Su padre también. Y los tres formaron un grupo a un lado de la mesa, mientras que un segundo grupo se formó en torno a la víctima.

El conde de Saint-Fiacre continuaba con la cabeza sobre el brazo del sacerdote. El médico se había inclinado y miraba alrededor con gesto sombrío.

—¿Muerto? —preguntó con voz temblorosa el abogado.

No hubo respuesta. Se habría dicho que, en ese lado, las cosas sucedían sin entusiasmo, como representadas por malos actores.

Solo Jean Métayer permanecía en medio sin acercarse a uno ni a otro grupo. Se había quedado cerca de su silla, inquieto, presa de temblores y sin saber a qué lado mirar.

Durante los minutos que habían precedido a su acto, Émile Gautier debía de haber preparado con cuidado la actitud que iba a seguir, pues en cuanto volvió a dejar el arma en la mesa, hizo literalmente una declaración mirando a Maigret a los ojos.

—Él mismo lo había anunciado, ¿no es verdad? El asesino debía morir. Y puesto que él era demasiado cobarde para hacerse justicia a sí mismo... —Su seguridad era extraordinaria—. He hecho lo que creo que era mi deber.

Pero ¿oían sus palabras los del otro lado de la mesa? Sonaron pasos. Eran los criados. El doctor se dirigió a la puerta para impedirles entrar. Maigret no oyó lo que les decía para alejarlos.

—Yo vi a Saint-Fiacre rondar en torno al castillo la noche del crimen. Por eso he comprendido...

Toda la escena estaba mal dirigida, y Gautier parecía un comicastro haciendo de diablo cuando declaró:

—Los jueces decidirán si...

Se oyó la voz del doctor:

—¿Está usted seguro de que fue Saint-Fiacre quien mató a la condesa?

—¡Por supuesto que sí! ¿Acaso habría actuado como lo he hecho si...?

—¿De verdad lo vio rondar en torno al castillo la noche precedente al crimen?

—Lo vi como lo veo a usted ahora. Había dejado su automóvil a la entrada del pueblo.

—¿Es esa la única prueba que tiene?

—¡Tengo otra! Esta mañana el monaguillo ha venido al banco acompañado por su madre. Ha sido la madre quien le ha hecho hablar. Al parecer, un poco después del crimen, el conde le pidió al niño que le entregase el devocionario y le ofreció a cambio una gran suma de dinero.

La paciencia de Maigret estaba a punto de acabarse, ya que tenía la impresión de que lo habían dejado fuera de la comedia.

¡Comedia, sí! ¿Por qué el doctor sonreía para sí? ¿Y por qué el cura sostenía con tanta suavidad la cabeza de Saint-Fiacre...?

Comedia que debía proseguir en un tono de farsa y de drama al mismo tiempo.

El conde de Saint-Fiacre, en efecto, se levantó como quien acaba de despertarse. Tenía la mirada dura y los labios fruncidos con un gesto a la vez irónico y amenazante.

—¡Atrévete a repetir eso! —dijo.

El grito que se oyó entonces fue increíble. Émile Gautier, lleno de pánico, fue a refugiarse en los brazos de Maigret como buscando protección. Pero el comisario dio un paso atrás y dejó el campo libre a los dos hombres.

Solo había uno que no comprendía lo que estaba pasando, Jean Métayer. Se hallaba casi tan asustado como el empleado de banca. Para colmo, uno de los candelabros cayó sobre la mesa, y el mantel comenzó a arder, extendiendo en la sala olor a quemado.

Fue el abogado quien extinguió aquel comienzo de incendio virtiendo encima del mantel el contenido de una botella de vino.

—¡Ven!

¡Era una orden! Y con tal tono que todos comprendieron que no había medio de desobedecerla.

Maigret había cogido el revólver. Una simple mirada le bastó para darse cuenta de que estaba cargado con balas de fogueo.

El resto lo adivinó. Maurice de Saint-Fiacre, que abandonó su cabeza sobre el brazo del cura... Algunas palabras entrecortadas para que todos creyeran por unos momentos en su muerte...

Ahora ya no era el mismo hombre. Parecía más alto, más fuerte. No apartaba la mirada del joven Gautier, y fue el administrador quien corrió de pronto a una ventana, la abrió y le gritó a su hijo:

—¡Por aquí!

El plan no estaba mal combinado. Era tal la emoción, y tal el desarrollo de los acontecimientos que en ese momento Gautier tenía posibilidades de escapar.

¿Lo hizo a propósito el abogado? Sin duda, no. Tal fue la embriaguez lo que le dio una especie de heroísmo. Lo cierto es que cuando el fugitivo se dirigía a la ventana, le puso la zancadilla y Gautier cayó cuan largo era sobre el pavimento.

No se levantó por sí mismo. Una mano lo agarró del cuello, lo levantó y lo puso en pie, y Gautier gritó de nuevo al darse cuenta de que era Saint-Fiacre quien lo obligaba a permanecer derecho.

—¡Quietecito! A ver, alguno que cierre la ventana.

Y lanzó por primera vez un puñetazo al rostro del otro, que se tiñó de púrpura. Lo hizo con frialdad.

—Ahora, a hablar. Cuéntalo todo...

Nadie intervino. A nadie se le ocurrió siquiera, tan evidente era que solo un hombre tenía derecho a alzar la voz.

Aunque Gautier padre susurró al oído del comisario:

—¿Va usted a permitirlo?

¡Por supuesto! Maurice de Saint-Fiacre era dueño de la situación, y estaba a la altura de las circunstancias.

—Conque me viste la noche en cuestión, ¿no es eso? —Y continuó, dirigiéndose a los demás—: ¿Saben ustedes dónde? En la escalinata del castillo. Yo entraba. Él salía. Mi idea era llevarme algunas joyas de la familia para venderlas. Nos encontramos cara a cara, en la noche. Estaba helando. Y este canalla me dijo que salía de... ¿Lo adivinan? De la habitación de mi madre..., sí. —Y en un tono más bajo agregó—: Renuncié a mi proyecto y regresé a Moulins.

Jean Métayer abría mucho los ojos. El abogado se acariciaba la mejilla y, para aparentar serenidad, miraba su vaso, que no se atrevía a coger.

—Sin embargo, eso no era una prueba definitiva. Pues eran dos en la casa, y Gautier podía haber dicho la verdad, ya que, como he dicho al principio, él fue el primero en aprovecharse de la debilidad de la pobre vieja. Métayer vino después. Métayer, al sentir su situación amenazada, podía haber intentado vengarse. Yo quería saberlo. Estaban en guardia, tanto el uno como el otro. Parecía que me desafiaban. ¿Verdad, Gautier? No era lógico que el señor de los cheques sin fondos que ronda por la noche alrededor del castillo se atreviese a acusar, por temor a ser arrestado él mismo. —Y añadió, con otro tono de voz—: Usted me perdonará, señor cura, y usted también, doctor, por haberlos mezclado en esta porquería. Pero ya lo hemos dicho: la verdadera justicia, la de los tribunales, no tiene nada que hacer aquí... ¿No es verdad, Maigret? ¿Comprendió usted al menos cuando yo le daba golpes con el pie?

Mientras decía esto se paseaba de un lado a otro, dejando la luz por la sombra y después la sombra por la luz. Daba la impresión de ser un hombre que se contiene, que solo logra permanecer en calma mediante un enorme esfuerzo. A veces se acercaba a Gautier hasta tocarlo.

—Qué tentación coger el revólver y disparar. ¡Sí! Yo mismo lo había dicho: el culpable morirá a medianoche. Y tú, tú, te convertiste en el defensor de los Saint-Fiacre...

Esta vez su puño lo golpeó tan fuerte en medio de la cara, que le provocó una violenta hemorragia nasal.

Émile Gautier tenía los ojos de un animal moribundo. Al sentir el golpe vaciló y estuvo a punto de llorar de dolor, de miedo, de desesperación.

El abogado quiso interponerse, pero Saint-Fiacre lo rechazó.

—Se lo ruego a usted.

Y ese «usted» marcaba toda la distancia que había entre ellos. Maurice de Saint-Fiacre los dominaba.

—Ustedes me perdonarán, señores, pero aún tengo una formalidad que cumplir.

Abrió la puerta de par en par y se volvió hacia Gautier:

—¡Ven!

Este parecía tener los pies clavados en el suelo. El corredor estaba oscuro y él sentía miedo. No quería quedarse solo con su adversario.

Pero la pausa no fue larga. Saint-Fiacre se acercó a él y le pegó de nuevo, de tal suerte que Gautier entró rodando al vestíbulo.

—¡Sube!

Y señaló la escalera que conducía al primer piso.

—Comisario, le prevengo de que... —balbuceó el administrador.

El sacerdote había girado la cabeza. Sufría, pero no tenía fuerzas para interponerse. Todo el mundo estaba a punto de estallar, y Métayer bebía sin importarle nada, solo porque tenía seca la garganta.

—¿Adónde van? —preguntó el abogado.

Se los oyó marchar a lo largo del corredor. El pavimento resonaba bajo sus pasos, y se percibía la entrecortada respiración de Gautier.

—Usted lo sabía todo —le dijo Maigret al administrador despacio y en voz baja—. Estaba confabulado con su hijo. Tenían ya las granjas, las hipotecas. Pero Jean Métayer podía ser peligroso. Hacer desaparecer a la condesa..., y al mismo tiempo deshacerse del gigoló, que atraería sobre él las sospechas.

Un grito de dolor. El doctor salió al corredor para ver lo que pasaba.

—Nada —dijo—. El canalla no quería subir y ha sido necesario ayudarle...

—Esto es odioso. ¡Es un crimen! ¿Qué es lo que piensan hacer? —gruñó el viejo Gautier lanzándose hacia la escalera.

Maigret lo siguió, y también el doctor. Llegaron al pie de la escalera en el momento en que los otros dos, en lo alto, alcanzaban la puerta de la cámara mortuoria. Oyeron la voz de Saint-Fiacre, que decía:

—¡Entra!

—No puedo..., yo...

—¡Entra!

Un ruido sordo. Otro puñetazo.

Gautier padre corrió escaleras arriba, seguido por Maigret y Bouchardon. Los tres llegaron a la puerta cuando se cerraba y ninguno se atrevió a moverse.

Al principio no se oyó nada al otro lado de la pesada puerta de roble. El administrador contenía el aliento, hacía muecas en la oscuridad.

Una tenue raya de luz bajo la puerta.

—¡De rodillas!

Un silencio, un suspiro ronco.

—Más deprisa. ¡De rodillas! Y ahora, ¡pide perdón!

Un nuevo silencio, muy largo. Un grito de dolor. Esta vez no era un puñetazo lo que el asesino había recibido, sino una patada en plena cara.

—¡Per... perdón!

—¿Eso es todo...? ¿Eso es todo lo que te atreves a decir? ¿Recuerdas que fue ella quien te pagó los estudios...?

—¡Perdón!

—¿Recuerdas que hace tres días ella estaba viva aún?

—¡Perdón!

—¿Recuerdas, maldito asesino, que en otro tiempo te metiste en su cama?

—¡Perdón! ¡Perdón!

—Hace falta algo mejor. ¡Vamos! Dile que eres un bicho repugnante. Repite...

—Soy...

—De rodillas, te he dicho. ¿O es que necesitas una alfombra?

—¡Ay!... Yo...

—Pide perdón.

Y junto a estas réplicas, punteadas por largos silencios, se oía una serie de ruidos violentos. Saint-Fiacre ya no se contenía. Se oían golpes contra el parquet.

Maigret entreabrió la puerta. Maurice de Saint-Fiacre tenía cogido a Gautier por el cuello y estaba golpeándole la cabeza contra el suelo. Al ver al comisario soltó a su enemigo, se enjugó la frente y se enderezó cuan alto era.

—Esto ya está hecho —dijo, con la respiración entrecortada.

Al darse cuenta de la presencia del administrador, frunció el ceño.

—¿No sientes también tú la necesidad de pedir perdón?

El viejo sintió tal pánico que se dejó caer de rodillas.

A la luz imprecisa de los cirios, solo se veía la nariz de la muerta, que parecía desmesurada, y las manos juntas, que estrechaban un rosario.

—¡Fuera!

El conde empujó fuera a Émile Gautier y volvió a cerrar la puerta. El grupo empezó a bajar la escalera.

Émile Gautier sangraba. No encontraba su pañuelo, y el doctor le pasó el suyo.

El espectáculo era horroroso: un rostro atormentado, lleno de sangre, la nariz tumefacta y el labio superior partido.

Pero lo más deforme, lo más odioso, eran aquellos ojos de mirada huidiza...

Maurice de Saint-Fiacre, muy derecho, como el amo de una casa que sabe lo que tiene que hacer, atravesó el largo corredor de la planta baja y abrió la puerta, por la que entró una bocanada de aire helado.

—¡Lárguense! —masculló, dirigiéndose al padre y al hijo.

Pero en el momento en que Émile Gautier se disponía a salir, volvió a agarrarlo con un gesto instintivo.

Maigret oyó un sollozo que estallaba en la garganta del conde, el cual comenzó a golpear convulsivamente al otro mientras gritaba:

—¡Canalla! ¡Canalla!

Bastó que el comisario le tocase la espalda para volver a ser dueño de sí mismo. Lanzó, literalmente, el cuerpo por la escalinata y cerró la puerta.

Pero no tan deprisa que no pudiera oírse la voz del viejo, que clamaba:

—Émile, ¿dónde estás?

El sacerdote rezaba apoyado en el aparador. En un rincón, Métayer y su abogado permanecían inmóviles, con la mirada fija en la puerta.

Maurice de Saint-Fiacre entró con la cabeza alta.

—Señores... —comenzó.

Pero no pudo continuar. La emoción lo sofocaba.

Estrechó la mano del doctor y la de Maigret, haciéndoles comprender que ya nada tenían que hacer allí. Después se volvió hacia Métayer y su compañero y esperó.

Pero ellos no parecían entender, o bien el terror los tenía paralizados.

Hizo un gesto, seguido de un chasquido de dedos, para mostrarles el camino.

Nada más.

El abogado se entretuvo buscando su sombrero, y Saint-Fiacre gimió:

—Más deprisa...

Maigret oyó un murmullo detrás de una puerta y adivinó que los criados trataban de enterarse de lo que ocurría.

Se puso su pesado abrigo y sintió la necesidad, una vez más, de estrechar la mano de Saint-Fiacre.

La puerta estaba abierta. Fuera, la noche era clara y fría, sin nubes. Los álamos se recortaban contra un cielo bañado por la luna. En alguna parte, muy lejos, resonaron unos pasos. En las ventanas de la casa del administrador había luz.

—No. Usted quédese, señor cura.

Y Maigret pudo oír, tras la puerta cerrada, la voz de Saint-Fiacre que resonaba en el corredor:

—Ahora, si no está usted demasiado cansado, vamos a velar a mi madre.

11

El silbato de dos sonidos

—Perdóneme si lo atiendo tan mal, señor Maigret, pero con el entierro...

La pobre Marie Tatin se afanaba preparando cajas enteras de botellas de cerveza y de limonada.

—Sobre todo porque los que vienen de lejos querrán tomar un bocado.

El campo estaba blanco por la helada, y las briznas de hierba se quebraban bajo los pies. Cada cuarto de hora doblaban las campanas de la iglesia.

El coche fúnebre había llegado al amanecer, y los empleados de la funeraria se habían instalado en la posada sentados en semicírculo alrededor de la estufa.

—¡Lo que me asombra es que el administrador no esté en su casa! —le dijo Marie Tatin—. Debe de estar sin duda en el castillo con el señor Maurice.

Se veía ya a algunos campesinos con sus trajes de domingo.

Maigret estaba terminando su desayuno cuando, a través de la ventana, vio llegar al monaguillo, a quien su madre llevaba de la mano. Pero esta no lo acompañó hasta la posada, sino que se detuvo en un ángulo donde creía no ser vista y empujó a su hijo hacia delante, como impulsándolo para que alcanzase la posada de Marie Tatin.

Cuando Ernest entró parecía muy seguro de sí mismo. Tan seguro como el mozalbete que el día de la distribución de premios recita una fábula repetida durante tres meses.

—¿Está aquí el señor comisario?

En el mismo momento en que le hacía esta pregunta a Marie Tatin, divisó a Maigret. Se dirigió hacia él con las manos en los bolsillos, una de las cuales manoseaba algo.

—He venido para...

—Enséñame tu silbato...

Asombrado, Ernest retrocedió un paso, desvió la mirada, reflexionó y murmuró:

—¿Qué silbato?

—El que tienes en el bolsillo. Hace tiempo que tienes ganas de tener un silbato de boy scout.

El niño lo sacó maquinalmente del bolsillo y lo depositó sobre la mesa.

—Ahora cuéntamelo todo...

Una ojeada desconfiada, seguida de un imperceptible encogimiento de hombros, ya que Ernest era un poco astuto. En su mirada podía leerse con claridad: «A mí qué me importa. Yo ya tengo el silbato. Voy a decir lo que me han encargado que diga».

Y dijo, como si recitase:

—Es por el devocionario. El otro día no se lo dije todo porque me daba usted miedo. Pero mamá quiere que diga toda la verdad. Un poco antes de la misa mayor vinieron a pedirme el devocionario.

Pero se había puesto colorado, y de repente cogió el silbato, como si tuviese miedo de que se lo confiscasen a causa de su mentira.

—¿Y quién fue a pedírtelo?

—El señor Métayer, el secretario del castillo.

—Ven, siéntate a mi lado. ¿Quieres tomar una granadina?

—Sí. Con el agua que pica.

—Tráiganos una granadina con agua de Seltz, Marie. Dime, ¿estás contento con tu silbato? Hazlo sonar.

Los empleados de la funeraria se volvieron al oír el silbato.

—Te lo compró tu madre ayer por la tarde, ¿no es cierto?

—¿Cómo lo sabe usted?

—¿Cuánto le dieron a tu madre en el banco?

El pequeño pelirrojo lo miró a los ojos. Ya no estaba ruborizado, sino muy pálido. Dirigió una rápida mirada a la puerta, como para medir la distancia que lo separaba de ella.

—Bébete la granadina. Os recibió Émile Gautier, ¿no? Y te hizo repetir la lección.

—Sí.

—Te encargó que acusases a Jean Métayer.

—Sí. —Y, tras unos momentos de reflexión, añadió—: ¿Qué me va usted a hacer?

Maigret se olvidó de responder. Estaba pensando... Pensaba que su papel en aquel asunto se había limitado a aportar el último eslabón, un eslabón bien pequeño, pero que cerraba perfectamente el círculo.

Estaba bien claro que era a Jean Métayer a quien Gautier tenía intención de acusar, pero la velada de la víspera había echado por tierra sus planes. Había comprendido de pronto que el hombre peligroso no era el secretario, sino el conde de Saint-Fiacre. Si todo hubiese salido bien habría ido muy temprano a visitar al niño pelirrojo para enseñarle la nueva lección: «Dirás que fue el conde quien te pidió el devocionario».

El muchacho repitió:

—¿Qué me va a hacer usted?

Maigret no tuvo tiempo de responder. El abogado bajó la escalera, entró en la sala y se dirigió a Maigret con la mano tendida y una ligera vacilación.

—¿Ha dormido usted bien, señor comisario? Perdóneme... Quisiera pedirle consejo en nombre de mi cliente...

Se sentó, o mejor, se dejó caer sobre el banco.

—Creo que el funeral es a las diez.

Miró a los empleados de la funeraria, luego a la gente que pasaba por la carretera esperando la hora del entierro.

—Entre nosotros, ¿cree usted que Métayer tiene el deber de...? Compréndame usted bien. Nos damos perfecta cuenta de la situación y es precisamente por delicadeza por lo que...

—¿Puedo marcharme, señor?

Maigret no lo oyó. Estaba hablando con el abogado.

—¿No ha comprendido usted todavía?

—Es decir, que si se examina...

—Un buen consejo: no examine nada.

—¿Su consejo es que se marche sin...?

¡Demasiado tarde! Ernest, que había recobrado su silbato, abrió la puerta y se alejó de allí a todo correr.

—Legalmente estamos en una situación excel...

—¡Oh, sí, excelente...!

—¿Verdad que sí? Eso es lo que yo le decía.

—¿Él ha dormido bien?

—Ni siquiera se ha desnudado. Es un chico muy nervioso, muy sensible, como la mayoría de los chicos de buena familia.

Pero los empleados de la funeraria trataban de escuchar, se levantaban, iban a pagar sus consumiciones. Maigret se levantó también, descolgó su abrigo de cuello de terciopelo y limpió su sombrero hongo con la manga.

—Tienen ustedes la ocasión de marcharse sin despedirse durante...

—¿Durante el entierro? En ese caso habrá que llamar a un taxi.

—Exacto.

El sacerdote revestido de sobrepelliz. Ernest y otros dos monaguillos de negro. La cruz, que el cura de un pueblo vecino llevaba en alto, avanzaba deprisa a causa del frío. Y a lo largo de la carretera se entonaban los cantos litúrgicos.

Los campesinos se habían agrupado al pie de la escalinata. Finalmente, la puerta se abrió y apareció el féretro conducido por cuatro hombres.

Detrás, una alta silueta. Maurice de Saint-Fiacre, muy erguido, con los ojos enrojecidos.

No iba de negro. Era el único que no iba de luto.

Y, sin embargo, cuando dejó vagar su mirada sobre la muchedumbre desde lo alto de la escalinata, sintió un malestar.

Salía del castillo sin nadie a su lado, y siguió al féretro completamente solo.

Desde donde estaba, Maigret divisaba la casa del administrador, que había sido la suya, con las puertas y ventanas cerradas.

Las persianas del castillo estaban también cerradas. Solo en la cocina los criados pegaban la cara a los cristales.

El murmullo de los cantos sagrados casi quedaba sofocado por el ruido de los pasos sobre la grava.

Sonaba el tañer de las campanas al vuelo.

Dos miradas se encontraron: la del conde y la de Maigret.

¿Se equivocaba el comisario o había visto en los labios de Maurice de Saint-Fiacre la sombra de una sonrisa? No la sonrisa del parisino escéptico, del hijo de familia descarriado.

Una sonrisa serena, confiada...

Durante la misa, todo el mundo pudo oír claramente la bocina de un taxi: era un pequeño canalla que huía en compañía de un abogado adormecido por la resaca.

« Certes, ils préfèrent que je ne voie pas certaines choses.
Mais ce qu'il ne faut surtout pas, c'est que je leur en raconte d'autres ».

« — Vous direz tout?
— Et vous?
— J'essaierai. Si je n'y parviens pas, je m'en voudrais toute ma vie ».

«Sin duda, prefieren que yo no vea ciertas cosas.
Pero lo que no debe ocurrir, sobre todo, es que les cuente otras».

«—¿Usted lo dirá todo?
—¿Y usted?
—Trataré. Si no lo consigo, me lo reprocharé toda la vida».

PEUPLES QUI ONT FAIM, 1934